「ほら、貴方の体だって、こうされるのを喜んでる」
わざと猥雑な言葉を口にして、浅葱の体の奥を強く刺激してくる。浅葱自身、絶対触れることのない場所だ。
（本文より）

BBN
B・BOY NOVELS

梨園の貴公子

～秋波～

ふゆの仁子

イラスト／円陣闇丸

この物語はフィクションであり、実際の人物・団体・事件等とは、いっさい関係ありません。

CONTENTS

梨園の貴公子

～秋波～

プロローグ

朝日が東の空から昇って世の中を照らしても、尾上浅葱《おのえあさぎ》の意識は暗い中を漂っていた。全身がひどくだるい。指一本動かすのも辛い状態で、必死に声を発する。

「孝匡《たかまさ》」

喘ぎすぎたせいで、掠れた己の声に驚きながら、愛しい男の名前を呼ぶ。春日《かすが》孝匡——常盤彦《ときわひこ》三郎《さぶろう》の名前を持つ歌舞伎役者は、扉の前で足を止める。浅葱を振り返ることはないものの、全身で声を感じているのはわかる。

「俺たちはしばらく、距離を置いたほうがいいのかもしれない」

本心からの言葉ではない。でも今告げねばならない言葉を口にした瞬間、心から血が流れてきそうな気持ちになった。

物音ひとつしない部屋の中、浅葱の鼓膜には己の鼓動だけが響いている。

離れたいわけではない。別れることも考えられない。

でも今は、一緒にいることが、二人のためにならないように思えた。

常盤は何も答えなかった。

だが浅葱の言葉が意味することは理解したのだろう。
承諾の代わりに、無言で部屋を出て行った。

1

三日に及ぶ、パリコレに進出を果たした新進気鋭のデザイナーが立ち上げたアパレル会社のシーズンパンフレット用の撮影を終えた瞬間、尾上浅葱はとっさに時間を確認する。

それからすぐに頭の中で算段した。

急げば間に合う。何にかは言うまでもない。

「先生、この後、もしよければ食事でもいかがですか」

「せっかくですが……」

声をかけてきたのは、始終、浅葱の仕事に感嘆し、賞賛の声をかけ続けてくれたデザイナーだ。世の中に「カメラマン」と呼ばれる職業の人間は、星の数ほどいる。その中で多忙を極める「売れっ子」カメラマンである浅葱の写真を切望したデザイナーは、つれない返答に実に残念そうな表情になった。

「パンフレットが無事に仕上がったときにでも」

営業スマイルを浮かべ、ようやく納得したらしいクライアントから逃れると、大きな荷物の運搬をスタッフに託し、愛用のカメラのみ抱えて撮影スタジオの前からタクシーに乗り込んだ。

「南座《みなみざ》までお願いします」

運転席に乗り出すように行き先を告げるのと同時に、スマートフォンで今指定した劇場のサイトを確認しようとした。京都にある南座は、江戸時代から続くとされる、日本最古の歴史と伝統を持つ劇場だ。

「お客さん、歌舞伎お好きなんですか」

ルームミラー越しに運転手に問われて、操作を途中のままで浅葱は顔を上げる。

「はい。南座はどうですか、今月」

「すごいですよ。例年、吉例顔見世興行《きちれいかおみせこうぎょう》は人気高いですが、今回は特に、常磐の若旦那が出演されてますしね」

江戸時代、劇場と役者は、一年ごとに契約を結んでいた。顔見世というのは、その劇場での翌年一年の出演役者を披露する一大興行だった。現在は、日本中の名だたる歌舞伎役者たちが競演する、華やかな興行である。

今回は特に、人気の作品を人気の役者が演じていることもあって、前評判がかなり高いと浅葱も聞いていた。

運転手は、それなりの歌舞伎通なのだろう。浅葱は思わず身を乗り出す。

「常磐彦三郎の人気は、京都でもすごいですか?」

高鳴る鼓動を抑えて尋《たず》ねてみる。

「そりゃもう、すごいなんてもんじゃないですよ。この間のまねき上げのときは、この辺り、人、人、人で、まともに車が走れたもんじゃなかった」

京都の繁華街とも言うべき賑《にぎ》やかな場所に立つ南座では、十一月末から年末にかけて行われるこの顔見世興行の際に、季節の風物詩でもある「まねき上げ」と称される華やかな行事を執《と》り行う。

まねき——勘亭流《かんていりゅう》と呼ばれる、いわゆる「歌舞伎文字」で役者の名前を書いた看板——を、劇場の前に飾るのだ。

大入りを願うこの伝統行事を、昨夜、偶然仕事で京都を訪れていた浅葱は、ホテルの部屋で点《つ》けたテレビで目にしたのだ。

本当に何気なく、時計代わりにテレビを点けた瞬間、画面にカメラのフラッシュを浴びる、常磐彦三郎が映し出された。堂々としていて風格すら感じられる梨園の御曹司の姿に、浅葱は完全に、目を奪われた。

江戸歌舞伎の宗家と呼ばれる、名門の常磐家。本名を春日孝臣という常磐彦三郎は、当主であり、歌舞伎界の重鎮である彦十郎《ひこじゅうろう》の長子であり、若手歌舞伎役者の筆頭と称される役者である。

物心つくかつかないかの頃から着物に慣れ親しんでいるため、紋付袴《もんつきはかま》姿が実に似合う。

カメラを真っ直ぐに見据えマイクを向けられても、まったく怯《ひる》むことはない。隣に立つのは、上方《かみかた》と称される関西出身の、重鎮《じゅうちん》の歌舞伎役者だ。

伝統文化でもある歌舞伎の世界では、四十代五十代はまだひよっこと言われる。つまり、そろそろ三十歳になろうとしている常磐は、本来ならようやく卵の殻を割って出てきたばかりの若輩者だ。しかし人々の注目度はまったく状況が異なる。

常磐彦三郎という役者の人気は、歌舞伎の世界の中で、一、二を争う。主たる舞台は東京だが、母方の祖父は上方の役者、氷川沙吉《ひかわさきち》だ。それゆえ関西での認知度も高いし、今回の公演でも誰より注目を浴びている。

テレビの中にいる常磐は、そんな己の立場をわきまえた上で、堂々と様々な質問に応じ客に応じてもいる。

かつて、マスコミを苦手にしていたのがまるで嘘のような常磐の姿を誇らしく思えてしまうのは、惚れた欲目なのだろう。

浅葱が常磐と出会ったのは、まだ彦三郎の名前を襲名する前だった。

幼い頃から、江戸大家の御曹司であり、名優と称される常磐彦十郎の長子として、実力以上の人気に押しつぶされそうになっていた時期もある。実際、数年の間は役者の世界から姿を消していた。歌舞伎の世界に戻ってからも、表向き愛想のいい顔は作りながら、心を開くことはなかった。

何より歌舞伎が好きなのか否かも、当人がわからなくなっていた。当時の常磐にとって周囲にいたすべての人は、親を含めて敵に思えていたのかもしれない。

おそらく年齢や境遇も近かった従兄弟の常磐紫川《しせん》や、後輩の藤村虎之介《ふじむらとらのすけ》にすら、当時は心を開いていなかった。

浅葱が常磐に出会ったのは、そんなときだ。

明らかに周囲の人間とは異なる強烈なオーラを全身に纏《まと》いながら、他人を拒み続ける男の持つ、強い光を放つ瞳に、浅葱は魅《み》せられた。

最初に、カメラマンとしての本能を。次に、人間としての本能を。

凝《こ》り固まり他人を寄せつけずにいた常磐の心が、少しずつ解されていくのと同時に、表情が生まれ人間としての魅力が全身から滲《にじ》み出てくるようになった。さらに成り行きや生まれだけでなく、常磐自身の意思で、歌舞伎の世界で生きていくと決意した。

そして浅葱は、そんな常磐とともに生きていくという覚悟をしたのである。

彦三郎の襲名記念の写真集を、カメラマンである浅葱が撮ることになったのは、運命だったとは思っていない。

もちろん、ひとつのきっかけではあった。

だが今に至るまでの道のりは、運命の一言で片づけられるほど簡単ではない。出会い、理解し合い、愛し合いながら壁にぶつかった。互いを傷つけたこともある。

それでも相手を必要としていることを理解し、二人で壁を乗り越えてやっと、一緒に生きていく道を選んだ。

浅葱にとって唯一無二の男のことを、こうして褒められることに、擽《くすぐ》ったいような嬉しいような不思議な感覚を覚える。

「――でも、大変ですね、これから」

一人感慨に耽っていた浅葱は運転手に、不意に引っかかる発言をされた。

「これから、って」

どういう意味かと尋ねようとしたとき、タクシーは目的地である南座の前へたどり着いてしまう。夜の部の常盤出演演目の開始に間に合う時間だ。運転手の話よりも、常磐の舞台が優先される。

浅葱は急いで代金を支払い、脱いだコートを羽織る時間も惜しんで、そのままタクシーを降りてチケット売り場へ向かう。

話題性の高い今回のような公演でも、歌舞伎の公演の場合当日券が手に入らないことは稀《まれ》だ。が、先ほどのタクシーの運転手の話を聞いて心配になった。

「すみません。当日券を」

財布を開けながら、窓口に掲示されている告知に気づく。

『休演および代役のお知らせ』

何気なく目で追った先にある名前にぎょっとする。

「常磐彦三郎——?」

常磐が、休演?

動揺する浅葱の脳裏に、先ほどタクシーの運転手が言いかけた話が蘇《よみがえ》る。

『でも大変ですね、これから』

何が大変なのかもわからず、引っかかった言葉。彼はこのことを言っていたのか。

「どうして、常磐……彦三郎さんは、休演されてるんですか?」

「今日の昼の部の際に負傷いたしまして……」

「どんな怪我ですか」

相手の言葉に重なるようにさらに尋ねる。

「それについては……」

「今、どこにいるんですか? 病院ですか。どちらの病院ですか」

チケット売り場の窓口のスタッフがそこまで知っているわけもないし、万が一知っていたとしても、一般客に答えるはずがない。

そんなことも判断できないぐらい、浅葱は完璧に動揺していた。

「申し訳ございません。こちらではわかりかねます」

「だったら、誰に確認すればいいんですか」

「竹林《たけばやし》の広報か……」

竹林は、歌舞伎の興行を一手に取り仕切っている会社だ。一般の人間が問い合わせたところで、今の段階で病院を教えてもらえるはずがない。

だが、「電話で誰かに問い合わせればいいのだ」という事実に気づく。

とはいえ、常磐当人に確認はできない。では他に誰に聞けばいいのか考えて、浮かんだのは藤村虎之介の名前だった。

常磐を正統派歌舞伎役者とすれば、虎之介はまさに異端だ。歌舞伎役者の家に生まれながら、父親が廃業してしまったため、強い後見もなく、ここ数年になるまで役をもらえるどころか、舞台にすら立てない日々が続いていた。

それでも歌舞伎への愛は失われることなく、現代劇やドラマでの成功と人気の高まりに乗じるように、歌舞伎の仕事も増えてきたという変り種だ。

浅葱とのつき合いも長く、それこそ常磐と浅葱の縁を直接繫いだのは虎之介だと言ってもいい。

そんな虎之介は南座の舞台に立っていないが、情報は入っているかもしれない。

浅葱は窓口のスタッフに詫びてから、スマートフォンを取り出して、虎之介に連絡する。

一回、二回とコールは鳴るものの、やがて留守番サービスに切り替わってしまった。

「何をやっているんだ、あいつは」

冷静さというものは、今の浅葱から最も遠いところにある。

南座の舞台に立っていなくても、相手が多忙な人気役者だということはまったく頭になかった。

一度切ってまたすぐかけ直すが結果は同じだった。

三度目をかけ直すほど気持ちの余裕はない。メールする時間も惜しい。他に誰に確認すれば常盤の状況を教えてもらえるのか。

「先生?」

途方に暮れかかったとき、背後から呼ばれる。条件反射で顔を上げた視線の先に見知った顔がいた。

「紫せ……」

とっさに相手の名前を口にしそうになるものの、ぎりぎりで堪《こら》える。

胡乱《うろん》げな視線を向けてくる浴衣《ゆかた》の上に茶羽織を羽織った、細面《ほそおもて》の美形——一目でわかるほど周囲の人とは異なる艶と雰囲気を醸《かも》し出しているのは、常盤紫川こと春日志信《しのぶ》という、常盤の従

休演

兄弟であり女形を得意とする歌舞伎役者だ。稀代《きたい》の女形と呼ばれる常磐花菖蒲《あやめ》を父に持つ、常磐に負けず劣らずの人気を誇っているこの人もまた、今ちょうど南座の舞台に立っている。

紫川目当ての客も多い。

「貴方がなんでこんなところに……」

「今は出番がないんで、ちょっと外の空気を吸いに来たところなんだけど……」

周囲の目を気にしつつ声を潜《ひそ》める浅葱とは裏腹に、紫川は平然としたものだ。

汗のせいか、額に下りてくる半乾きの前髪をうるさそうにかき上げる。

伏目がちになった目元と長い睫《まつ》毛《げ》とは相反するような、薄い眉毛。どこか空《うつ》ろな視線が相まって醸される濃厚な艶は、おそらく無意識のものだ。

舞台以外の場所で会う紫川は、綺麗《きれい》だが間違いなく「男」である。けれど今は舞台の合間という特異な状況だからだろうか。女性の扮装をしているわけではないのに、男でも女でもない特別な空気を纏っている。常磐の艶とは異なる、もっと肌に纏わりつくような色香こそ、紫川が現在、稀代の女形と呼ばれるようになってきたゆえんかもしれない。

ふとした視線、そして仕種《しぐさ》から感じられる空気に、紫川をよく知る浅葱ですら背筋がぞくりとする。

「先生こそ、なんでこんなところに?」

しかし、向けられる問いにはっと我に返る。

「仕事でこちらに来ていたんです。予定より早く仕事が終わったので、せっかくだから常磐の舞台を観ようと思ったら……」

「孝匡の休演を知った、と――?」

紫川の言葉と同時に浅葱は目の前の男の腕を掴む。

「何があったんですか、常磐に」

声を低くして、目の前の男に顔を寄せた――。


大阪にせよ京都にせよ、浅葱はホームタウンである東京以外の場所での移動は、タクシーと決めている。

荷物が多いことや土地勘がないこともあるが、加えて方向音痴だということが最大の理由だった。

仕事でしか訪れない土地の場合、ホテルとスタジオを行き来するだけのこともあり、タクシーでの移動で十分だった。

しかし今は違った。京都の地下鉄の駅へ向かうと、見慣れない路線図を眺める。

夕方のこの時間、南座の周辺は完全に渋滞していてまったく車が動かない。だから地下鉄のほうが早いと紫川に言われて従うことにしたのだ。

しかし見慣れない景色は、距離感がまったく摑めない。焦《あせ》る気持ちを必死に堪える浅葱の鼓膜に、紫川から聞いた話が蘇ってくる。

『実は前の舞台の稽古のときに、ちょっとやったらしくてね』

紫川があえて濁した言葉の裏に、何が隠されているのかは確認しなくても想像できた。

最初は、捻挫《ねんざ》だったという。右の足首を何かのときに捻《ひね》ったらしい。

『でも先生も知ってのとおり、素直じゃないし見栄っ張りでしょ、孝匡って。だから、そのときは誰にも言わずにいたんですよねえ』

とはいえ、己の体のことであり、何かあれば人に迷惑をかけることも知っている。だから人知れず病院には通ったらしい。その上で、大丈夫だと判断したのだろう。

実際にそのときの舞台は完璧にこなし、誰も負傷に気づかずにいた。

けれど、歌舞伎公演は一か月の長期にわたる。南座の公演まで数日しかなく、足は完治しなかった。そして訪れた今日の昼公演。

『着地した瞬間、バランスを崩したと思ったときに——同じ場所を思いきり捻ったみたい』

その言葉を聞いた瞬間、心臓がぎゅっと竦《すく》み上がる。

『なんとか昼の部は通せたんですよ。でもその後見る見る脂汗が出てきて、傍《はた》から見てわかるほどに足を引きずるようになってしまったんですよ』

誰もがおかしいと思って足首を確認すると、驚くほどに腫《は》れ上がり、紫色に変色していた。

『それでも、大丈夫だって言い張るんだから、ばかな男だよねえ。無理に決まってるのに。今回の孝臣が演じる忠信《ただのぶ》は、激しい動きの連続だっていうのに』

もちろん、紫川も心配している。従兄弟であるがゆえの軽口だとわかっていても、事情のわからない浅葱には冗談に聞こえなかった。

今回、南座で上演されるのは、源平合戦《げんぺいがっせん》ののち、失脚した源義経《みなもとよしつね》の話に、平家《へいけ》の武将による復讐を絡めた、歌舞伎十八番のひとつ、『義経千本桜《よしつねせんぼんざくら》』である。常磐が出演するのは、四段目『川連法眼館《かわつらほうげんやかた》の段《だん》』、別名『四ノ切《しのきり》』と呼ばれる場面。常磐が演じる、義経に随行する佐藤《さとう》忠信という役は、かなり特殊だ。

人間である佐藤忠信という役に加えて、神通力《じんつうりき》を持つ狐の化けた忠信も演じねばならないのである。

以前、若手の自主公演で、一度だけ演じた作品だったらしい。あいにく浅葱はそれを映像でしか観たことはないが、飛んだり跳ねたりはもちろん、宙吊りやからくりを多用することもあって、観ている側もわくわくする演出になっている。

今回の演出が同じか否かはわからないものの、かなりの運動量が必要だろうことは間違いない。真面目な常磐のことだ。

一度演じたことはあっても、自主公演と本公演では緊迫感が異なる。特に南座の顔見世となれば、注目度も高くなる。きっと稽古に入る前から、十二分に準備していたに違いない。足の不具合があっても、補えると思っていたのだろう。

浅葱には常磐の考えが、たやすく想像できてしまう。だから余計に胸が苦しくなる。

『孝匡が病院に行ったあと、僕は舞台に出ていたんで、その後の状況はわからないんです』

状態はどうなのかと尋ねた浅葱に応じた紫川は、それまでとは異なる表情と口調になる。

ちなみに紫川は『義経千本桜』では、義経の愛人である、静御前《しずかごぜん》を演じている。

相手役として、さらに従兄弟として常磐を心配する気持ちが表情に出ていたのかもしれない。

とにかく今はまだ病院にいるという。紫川はこの後まだ舞台が残っているため、浅葱は先に病院へ行くことにした。

『歌舞伎役者やってれば誰でも膝や足首に爆弾抱えてるもんなんですよ。だから、そんなに心配しなくても平気ですって』

別れ際に紫川が口にした言葉は、多分、浅葱を安心させようとしたのだろう。でもかえって不安を煽《あお》られた。

電車の窓に映る己の顔を眺めながら、浅葱は深く落ち込んでいく。

紫川の言葉が正しいのであれば、常盤は以前から足首を故障していたのだ。でも浅葱はまったく気づかずにいた。

浅葱は常盤を愛している。頼るのではなく、頼られるのではなく、互いに互いを支え合っていると自負している。

少し前に常盤の父である彦十郎が病により倒れたことで、その気持ちはより強くなった。

そのとき、浅葱の中に常盤と離れる選択肢がまったくなかったかと言ったら嘘だ。

かつて師事していた千石《せんごく》が彦十郎の専属カメラマンだったこともあり、歌舞伎が世襲制を重視する特殊な伝統世界であることはよくわかっている。おまけに常盤は、常盤宗家の長子。当然のように結婚や後継者を望まれる立場にある。

幼い頃からあらゆる重圧と戦ってきた常盤はきっと、浅葱の手を取った最初から、すべてを受け入れる覚悟をしていたのだろう。

ともに生きていくと決めたときから、ともに生活する道を模索し始めた。浅葱は心がひとつであれば形は問わないと思っていたものの、常盤はそうではなかった。

それこそ恋人になった当初から、一緒に暮らしたいと言われ続けてきた。が、なんだかんだと理由をつけて拒んできたものの、様々な事柄を経て浅葱も覚悟を決めた。さらに運のいいことに、そのタイミングで今現在常磐の住んでいるマンションに、一部屋空きが出たのである。そこに浅葱が越すことで、様々な問題は解決された。

正確には一緒に暮らしているわけではない。でも、ともに過ごせる時間は、常磐が浅葱の借りた部屋で暮らしている。

とはいえ、互いに多忙だ。常磐は一年の半分ぐらい、地方公演で家を空ける。東京にいるときも、ほとんど毎月何がしかの公演がある。浅葱とて、超のつく人気カメラマンだ。海外での撮影も多く、一緒に過ごせる時間など僅《わず》かしかない。

それでも、別々に暮らしていたときよりも、互いの顔を見られる時間は増えたつもりでいた。電話やメールではなく、一分でも二分でも、顔を見て話せる時間が増えたことで、浅葱はどこかで安心していたのだろう。

離れていればわからないことも、一緒にいればわかるに違いない、と。実際に、セックスする回数は、以前よりも増えたが、濃度は薄まったかもしれない。

以前は会えない時間を埋めるべく、必死に互いを貪るようなセックスをしていたが、最近は穏やかな触れ合うような行為が多い。肌の温もりに安堵《あんど》して、常磐のことはなんでもわかったような気になっていた。

でもそんなのは嘘だ。ただの自己満足だった。

京都の前は東京での公演だった。稽古の時期から常磐の帰宅は深夜で、浅葱も多忙を極めていたため、会話をする時間を惜しむように肌を重ねた。けれど今改めて振り返ってみれば、それだけだ。稽古の話も舞台の話も聞かなければ、浅葱自身、自分の仕事の話をしなかった。

好きだ、愛している、欲しい。

そんな言葉ばかり繰り返していても、そこに気持ちはあったのか。忙しさで色々なものを誤魔《ごま》化《か》していなかったか。

捻挫していたのであれば、湿布をしていたのではないか。あの独特な匂いにすら気づかなかったのか。

記憶を遡《さかのぼ》らせてみても、浅葱の脳裏に蘇ってくるのは、重ねた唇の熱さや体を繋いだときの記憶ばかりだ。

肌の温もりに汗の匂いや吐息の切なさ。

「……俺は何を見てたんだ」

もし足首のことに気づいたとしても、自分に何ができたとも思えない。常磐が浅葱の仕事に口を出さないのと同じで、浅葱も常磐の仕事に口を出さない。正確には、出せない。

もちろん、素直な感想は口にしてもそれだけのことだ。それも、あえて常磐から求められなければ、自分から伝えることはほとんどない。

浅葱が感じることの大半は、常磐自身がわかっていることだからだ。そしてどうしても常磐が浅葱の声を欲しているときは、自分から口にする。

常磐はある意味、血統書つきの高貴な外国産の猫だ。甘えたいときは自分から甘えてくる以上、そうでないときには中途半端に手を伸ばさない。でなければ、浅葱だろうと爪を立てられ牙《きば》を向けられる。

でも今は後悔の念ばかりが先に来る。

紫川は、役者に故障はつきものだと言っていたが、浅葱にはわからない。とにかく常磐に会いたい。会って状況を確認したい。

捻挫か、骨折か。

いずれにせよ、完治すればまたすぐに舞台に戻れる怪我であることを、祈るしかできなかった。

2

「尾上先生」

病院のエントランスを入ってすぐ、見知った顔が浅葱に手を振ってくる。

時間のせいか、すでに病院は薄暗く人の姿も少ない。そんな中で待っていた、濃紺の常緑樹をモチーフにした常磐家の紋が、細かく入った柄の浴衣を身に着けた長身の中年男性は、浅葱もよく知っている常磐の門弟である千雀《せんじゃく》だった。

ビニールの買い物袋を手にしたこの人は、常磐の身の回りの世話をしているため、浅葱もよく知っている。

この千雀に、二人の関係を打ち明けたことはない。だが口数は少ないものの聡《さと》いこの男は、薄々なんらか感じているだろう。しかし少なくとも浅葱には何も口うるさいことを言ったことはなく、静かに見守ってくれている雰囲気を感じていた。

別れ際、紫川が連絡を入れておくと言っていた。その相手がこの千雀なのだろう。

「千雀さん、久しぶりです。あの、常磐は……」

挨拶《あいさつ》もそこそこに切り出す浅葱に向かって、千雀は己の唇の前にすっと人差し指を立てる。

「病室にご案内しますので……」

常磐休演のニュースは周知だ。病院に運ばれたことも、おそらく今夜のニュースや明日のスポーツ紙に載るだろう。となれば、マスコミ関係者が近辺に押しかけているのかもしれない。

「お願いします」

浅葱は声を潜め、周囲を気にしながら少し距離を空けて千雀の後を追う。が、入院病棟へ向かっていることに気づいて小さく息を呑む。多分それは千雀にも伝わっていたのだろう。

「紫川さんからどの程度お話を聞いていますか？」

二人だけで乗り込んだエレベーターの扉が閉まってやっと、千雀は今の状況を話し始めた。

「以前から足を痛めていたことと、昼公演の際に右足首を再び痛めて、病院へ運ばれたことぐらいです。それ以上は紫川さんもご存じないと」

「そうですか」

「違うんですか？」

千雀の言い方に引っかかりを覚える。それこそ、タクシーの運転手の言葉に引っかかりを覚えたように。

「今向かっているの、入院病棟ですよね？　もしかして、足以外に何か悪いところが見つかったんですか？」

飛躍する思考に歯止めが利かない浅葱の言葉に、千雀は僅かに目を細める。

「いえいえ、そんなことはありません。思わせぶりな言い方をしてすみません。故障しているのは右の足首だけです。今回入院したのはその足の検査と、マスコミの対策を兼ねてのことです」

「そう、なんですか」

少しだけ安堵するものの、すべての不安が取り除かれたわけではない。足首の調子がよくないのは事実なのだ。

「休演はいつまで続くんですか?」

今月の南座は幕が開いたばかりだ。この先月末までずっと舞台は続く。少しの休養で舞台に戻れるのか。それとももっとかかるのか。

「その辺りのことはあいにく私にはなんとも申し上げられません」

「あの、俺が来ていること、常磐……彦三郎さんは知ってるんですか?」

「いえ」

千雀は首を左右に振る。

「ちょうど用があって病室を出ているときに紫川さんから連絡をもらったので、そのままロビーでお待ちしていました」

手にしたビニール袋の中には、常磐に頼まれた物が入っているのだろう。

「ですから、紫川さんが連絡していない限りは、ご存じないかと」

常磐と浅葱の関係を知る紫川が、わざわざそんなことをするわけがない。優しくたおやかな外見とは裏腹に、実に腹黒い。二人の仲を邪魔しているわけではなく、むしろ応援してくれているのだろうと思うことが大半だ。けれど、二人の間で何か起きるたび、面白そうに眺めているのも事実だ。

浅葱には、紫川という人間がよくわからない。とにかくその紫川が連絡しているわけがない以上、自分の顔を見たときの常磐がどんな反応を見せるか心配になってきた。

怪我をしたことで、己を責めているだろうし、悔しがっているだろう。そして恥じているに違いない。プライドが高く見栄っ張りの常磐が、本来いるはずのない浅葱を見て、なんと言うか。

常磐を心配する気持ちが溢《あふ》れていた心に、不安が押し寄せてくる。居ても立ってもいられずここまで来たが、よかったんだろうか。

だがそんな浅葱の気持ちを無視して、特別病棟のある最上階に辿り着く。エレベーターを降りてすぐ目の前には、ロック式の自動扉が設置されていて、カードキーをかざすことで中に入れるらしい。

しんと静まった長い廊下を歩いて、最奥に位置する部屋の前まで連れて行かれる。そして千雀は扉をノックしてから、カードキーでロックを解除し中へ入っていく。

「千雀さん？　遅かったですね。もしかして、お願いした雑誌、病院内のコンビニにはありませんでした……」

「お客様です、彦三郎さん」

「客？」

怪訝《けげん》な常磐の返事のあと、千雀が浅葱を振り返る。

聞こえてくる常磐の声が穏やかであることに、浅葱は驚かされる。勝手に、相当苛立っているか、もしくは落ち込んでいるものだと思い込んでいた。でもそれこそ勝手な浅葱の思い込みに過ぎなかった。ほんの少しだけ軽くなった気持ちとともに、浅葱は足を前に進める。

俯きたくなる視線を懸命に上げて、目の前にいるだろう常磐を真っ直ぐに見据える。

今はカーテンが閉ざされているものの、大きな窓の前に置かれた白いベッドの上で、常磐は上半身を起こし両足を伸ばした格好で座っていた。上は白の長袖のシャツ。ラフなジャージパンツから見える右の足に巻かれた包帯の白さが、やけに痛々しい。

「……先生？」

穏やかだった声に怪訝な色が混ざる。それも当然だ。当初、南座を観劇する予定はなかったし、関西で仕事があるという話すら常磐にはしていなかった。

「三日前から仕事で来てたんだ。それで、今日予定より早く終わったから、君の舞台を観に行こうと思って……」

浅葱のために、千雀が椅子を用意する。

「どうぞ座ってください」

「いえ、俺は……」

「私はこの後、彦三郎さんがご所望《しょもう》の雑誌を買いに出てきますので、どうぞこちらに座ってゆっくりしていらしてください」

「え」

病室に常磐と二人にされてしまうのか。

「千雀さんっ」

常磐も浅葱と同じ気持ちなのかもしれない。ベッドから身を乗り出すようにした。

「雑誌なんて……」

「雑誌だけじゃありません。入院のための物も揃えてこなくちゃなりませんから。ついでに、何かお腹に溜まるものも買ってきます。病院から食事が出る彦三郎さんと違って、私はまだ何も食べていませんしね。尾上先生はどうですか？」

仕事を終えて劇場に直行し、さらにそこからこの病院へ真っ直ぐに来た。昼もろくに食べていないものの、空腹はまったく感じていなかった。

「いえ、俺は……」

「尾上先生の分も何か買ってきましょう。一時間ぐらいで帰ってきますから、その間、彦三郎さんの面倒、見てやってください。お願いします」

深々と頭を下げて頼まれてしまい、否とは言えなくなってしまう。戸惑う浅葱をよそに、千雀は手にしていたビニール袋を常磐のベッドサイドのテーブルに置くと、とっとと病室を出て行ってしまう。

扉が閉まって、病室に二人だけが残される。

急激に空気が張り詰めていくのがわかる。

浅葱は座った膝の上に拳《こぶし》を握り、必死に言葉を探す。

常磐の機嫌を気にするよりも前に、先にここへ来た目的を達すべきだ。そう決めた浅葱が口を開くよりも前に、常磐が聞いてきた。

「どうしてここがわかったんですか?」

表情が笑顔に変化する。心配する気持ちは伝わっているのだろうと、浅葱はほっと安堵する。

「南座の前で偶然紫川さんに会ったんだ。そうしたら……」

「ああ。なるほど。それで、他に何を聞いたんですか」

「他に、って?」

浅葱が一瞬、言葉を詰まらせたのを、常盤は逃しはしない。

「通夜にでも行くような顔をして人の病室に顔を出しておいて、とぼけようなんて無理ですよ」

常盤は右足を伸ばしたまま、体の向きを変えた。変わらず笑顔だが、目は笑っていない。常盤がこんな表情を見せるときは、怒っているのだ。出会ったばかりの頃の表情を思い出してしまう。上辺だけ繕って本音を明かすことのできない、心は子どものまま体だけ成長してしまった常盤。

大人であることを望まれてしまった常盤。

幼い頃から、伝統やしがらみでがんじがらめになりながら、足掻《あが》くことすらできずに優等生を装っていた姿と、目の前の常盤が重なるように浅葱には思えてしまう。

「紫川さんから、何を聞いたんですか？」

言葉をひとつひとつ区切るように確認されて、浅葱は降参するしかない。

「以前から、足を痛めていたこと」

「余計なことを」

小さな舌打ちとともに、常盤は小声で毒づく。

「余計なことじゃない。紫川さんは君を心配して……っ」

「貴方がそれで、僕が怪我をしていたことに気づかなかったことで、己を責めることになったのに、余計なことじゃないんですか？」

明らかに怒りを孕《はら》む、心を見透かした言葉に、浅葱ははっとさせられる。

「図星だ」

常磐の揶揄《やゆ》する口調に、浅葱はきゅっと唇を噛んだ。

「なんで言ってくれなかったんだ」

浅葱は素直に訴える。

「気づかなかった俺がばかだったのかもしれない。でも、君はあえて俺にわからないように隠していただろう？　湿布の匂いなんてまったくしなかったし、普通に歩いてもいた」

「隠していたわけじゃないです。要するに、その程度の大した怪我じゃなかったってことです」

常磐は肩を竦める。

「でも」

「でもも何もないんです。貴方に心配をかけたくなかった。大切な舞台の前に、よりにもよって稽古のときに捻挫なんてしている自分が情けなくて仕方なかった。そんな情けない自分を貴方に知られたくなかった。貴方に言ったら、今みたいに心配するのはわかっていたし、忙しい貴方に余計な気遣いはさせたくなかったんです」

面倒くさそうに、常磐は弁解めいた言葉を並べ立てる。

言われることはどれも事実なんだろう。だがそんな風に言われて、納得できるかと言われればできない。

隠されていたとしても、一緒にいるなら気づいて当然だったはずだ。そばにいられなかった時期はもっと、会える時間の一分一秒を大切にしていたのに、今は一緒にいられることが当たり前になっていたのではないか。

考え始めると、さらに罪悪感が募ってくる。

「今もなんかよからぬことを考えているでしょう」

「よからぬことじゃない。当然のことだ」

睨《にら》まれても怯みはしない。

「君が俺に隠したいと思うのと同じぐらい、俺は君のことを知りたい。それを君は、よからぬことだと言うのか」

「そうじゃありません」

常磐はすぐに否定する。

「本当に、あのときは大したことなかったんです。サポーターで固定すれば歩くのにも芝居するのにも、まったく問題なかったんですから」

「今回は違う、のか」

浅葱の切り返しに、常磐は眉根を寄せた。

「変なところだけ勘がよくて嫌になります」

「変じゃない」

遠回しだろうとなんだろうと、常磐は浅葱の言葉を肯定した。つまり、「前回は平気だったが今回は平気ではない」ということ。

「状態、悪いのか」

低い声で尋ねながら、ベッドに投げ出された包帯の巻かれた足首を見つめる。

「よくはありません」

本当に天邪鬼《あまのじゃく》な男だ。おそらく当人も、悪いとは認めたくないのだろう。

「誤魔化さないでくれ」

でもこんな状態では、埒《らち》が明かない。

「検査だろうとなんだろうと、入院するんだろう？　千雀さんが必要な物を買ってくるっていうことは、一日じゃ済まないということだ」

ただの捻挫で入院はない。前回と同じ程度の捻挫なら、休演にもならなかっただろう。

「残念ながらこの病院での入院は今晩だけです」

「そうなのか」

「必要な物を買いに行くというのは、千雀さんなりの先生と僕への気遣いです」

「そう、なんだ……」

なんだか急激に気恥ずかしさを覚えるものの、ふと視線を横に向けると、そこに無造作に置いてある松葉杖に気づく。

「——歩けないのか」

「歩けなくはないです」

意訳すれば、歩けないということ。

さらに常磐の言葉を反芻《はんすう》する。

「君は今、この病院での入院は一晩だと言ったな。ということはつまり、他の病院ではもっと長く入院するということじゃないのか」

浅葱の指摘で、常磐は額に手をやった。

「貴方に隠し事は本当にできないんですね」

「隠すつもりだったのか」

浅葱の声が無意識に険しくなる。

「仕事で忙しい貴方に、余計な心配をかけたくなかったんです」

ここで言い返したら、同じことの繰り返しになる。仕事で多忙だろうと関係ない。常磐のことは、余計な心配ではない。そんな言葉をぐっと腹の奥で堪えた。

「東京で入院するのか」

「そうです」

「どのぐらい？」

「詳しいことはわかりませんが、先ほど聞いた話では、一、二週間程度らしいです」

「いつから？」

「患部の腫れが引くのを待って」

「手術するのか？」

「おそらく」

一問一答のようなやり取りのあと、浅葱は深呼吸をする。

「骨折、してるのか」

「いえ。靭帯《じんたい》を断裂しているそうです」

ここでようやく常盤は己の病状を明らかにする。

「靭帯を切っても、手術しなくてもいいんじゃないのか？」

学生のときに、体育の授業で靭帯を損傷した友人がいた。断裂したのかまで詳しく覚えていないが、場所は足首だった。しばらくの間、足首を固定して杖をついていた記憶はあるものの、手術をしたという話は聞いていない。

「確かに、最近は手術をせず保存療法が多いと聞いています。ですが、僕は靭帯を二本切ってるらしいんです。完治までの期間と今後の舞台のこともあって、手術をすることにしました。父も――そうすべきだ、と」

「舞台には、立てるんだね」

「当然です。そのための手術です」

はっきりと常磐自身に肯定されて、ようやく人心地つくことができる。

「よかった」

頭で考えるより先に言葉が零《こぼ》れ落ちていた。休演の知らせを見たとき、本当に頭の中が真っ白になった。紫川に会って足を負傷したのだと聞いて、命に関わるものではないと安堵しても、状況がわからなくて落ち着かなかった。

だから今こうして、実際に自分の目で常磐の状況を確認し、怪我の状態も直接聞かせてもらえ、さらには父親である彦十郎にも連絡できていると知って、本当に安堵したのだ。

それこそ、最悪のことが、頭を過《よぎ》っていた。だから、よかった、と。

でも常磐当人にはそう捉えてもらえなかったらしい。

「何がよかったんです？」

低く突き刺さるように棘《とげ》のある声色に、心臓が痛いほどに鼓動する。

「君が舞台に立てるとわかったから」

「三か月はかかりますけれど」

「三か月、だろう？」

なんとか常磐を力づけるつもりでいた。

誰より常磐が落ち込んでいるのだから、浅葱がここで一緒に落ちていても駄目だ。精一杯前向きに考えようと思った。

「これから先までずっと続く、長い歌舞伎人生の、たかだか三か月だ。ここで無理をしてずっと足のことを気にしてしまうより、しっかり足を治して、復帰する際にはそれまで以上に素晴らしい演技をするべきだろう？」

浅葱なりの言葉を、常磐は眉ひとつ動かすことなく聞いていた。だから常磐は真摯《しんし》に受け止めてくれているに違いないと思った。

「たかだか、三か月、ね」

しかしそう呟いたかと思うと常磐は視線を落とし、肩を揺らしながら喉の奥でククと笑い始める。

「何がおかしい？　俺は俺なりに考えたつもりなのに」

思わず腰を浮かし常磐の腕を摑もうとするが、その手を思いきり振り払われたかと思うと、次の瞬間逆に摑まれる。

「貴方は何もわかってない」

上目遣いに目の前にいる浅葱を睨みつけ、摑んだ腕を強引に自分のほうへ引き寄せた。

あっと思ったときにはもう、浅葱の体は常磐のベッドに上半身だけ組み敷かれていた。そして驚きに開いた口に、常磐の唇が重なってくる。

「――っ」

目を見開いたまま、必死に常磐の胸を押し返そうと試みる。だが常磐はびくともしないどころか、浅葱が抵抗するたび、かえって激しく舌を絡みつけてきた。

「……ん、ん……」

浅葱を知り尽くした常磐の舌の刺激で、否応なしに快感が芽吹いてしまう。最初のうちは逃れていた舌を捕《と》らえられ、常磐の愛撫に応じかけたところで、乱暴に唇を離される。

「貴方にはたかだか三か月でも、俺にとっては三か月も、だ」

鋭い眼で浅葱を睨んだまま、常磐は低い声で激しい憤《いきどお》りをぶつけてくる。

「たった一日でも舞台に穴を空けることは、プロの役者としてやってはならないことだ」

「でも怪我をしたんだから、仕方ないじゃないか」

「怪我をすること自体、プロ意識が足りないと父さんに言われた」

国宝級と言われる、現代最高の歌舞伎役者である常磐彦十郎は、父親であるよりも前に常磐の師匠だ。

幼い頃から植え込まれた記憶は、消えてなくなることはない。ただ父と子であれば、父の意見に反発することもあるだろう。目の前の壁でありライバルでもある父に追いつき追い越すことで、成長していく。

でも師匠であると話は簡単ではない。

いつか追い越そうと目標に掲げても、目標である存在はさらに偉大になる。芸の道に終わりはなく、さらに手の届かない遠い場所へ行ってしまうこともあり得る。

もちろん常磐もかつては、偉大すぎる父に反抗した時期もある。精神的に不安定だった中学生のとき、父親の愛人だった女性にのめり込んだのも、そんな対抗意識が根底にあった。

当時、宗七郎《そうしちろう》と名乗っていた常磐の周囲にいたのは大人ばかり。それも偉大なる父の門弟たちや、息のかかった人間ばかりだ。宗家の長子となれば、テレビでも顔を見るようなお偉方が、頭を下げてくる状態だった。

となれば、何も知らない無垢《むく》な子どもが、己を見誤《みあやま》るのもある意味当然だ。けれど周囲にいる人間が自分自身を見ているわけではなく、自分の上にある父親を見ているだけなのだと気づいたときのショックは、相当なものだろう。

自分がのめり込んでいた女性もまた、常磐自身ではなく、父を見ていただけだった。心中をほのめかした女性は、薬を服用したのちに、常磐の首に手をかけたという。

まだ中学生で、男女の愛憎を思い知らされ、打ちのめされ絶望の淵《ふち》に立ちながら、それでも常磐が歌舞伎の世界へ舞い戻ってきたのは結局、歌舞伎しか己の前に立ちはだかる父を超える術はないと知ったからに他ならない。

好き嫌いという感情が芽生えるよりも前に芸に触れ教えられ、間違いなく歌舞伎役者の魂《たましい》が埋め込まれているのだろう。

憎みながら愛し、逃れたくても逃れられない歌舞伎の道に、浅葱と出会う前の段階で常磐は首まで埋まっていた。でも浅葱と出会い、真正面から己の運命に立ち向かうことを決意した段階で、頭の天辺《てっぺん》までどっぷり埋もれたのだ。

浅葱はそんな常磐の想いは理解しているつもりだった。理解しようと努力してきたつもりだ。だが常磐当人ではない。役者という人間のすべてを理解できているわけでもない。

「舞台は一期一会だ。一か月上演期間があっても、一度観た人が同じ演目を繰り返し観る機会はあったとしても、舞台が生物である以上、同じ演目で同じ役者が演じていても、同じものは二度とない。俺たちには何十回ある公演の一回でも、観る人にとってはたったの一度だ。その一度を楽しみに来た人に、百パーセントのものが見せられないのは、役者として失格だ。俺は甘い」

怪我をしたのだから仕方ないというのは逃げだ。本当のプロなら、怪我をしないように日頃から準備すべきなのだ――常磐は浅葱の腕をベッドに縫いつけ身動き取れないように押さえつける。

常磐の激しい怒りが熱となって、重なってくる唇から伝わってくる。

失敗した――のだろう。常磐を力づけるつもりで、逆に一番触れてはならない部分に触れたに違いない。痛いぐらいに唇を吸われ乱暴に体に触れられることで、その事実を痛感させられる。

「やめて、くれ」

だからといって、怒りのままに流されるのは嫌だ。浅葱の言葉に対する怒りのためではなく、おそらく己への怒りも一緒になっている。

「貴方だって心の底ではそう思ってたんだろう？　俺のこと、甘ちゃんだとわかっていて慰めようとしたんだろう？」

「違う」

「何が違うんだ？」

常磐が甘えていると思ってはいない。でも、誰より自分に対して厳しいから、自分ぐらい甘やかしてもいいのではないか。そう心の底で思っていたことは否定できない。

言葉にできず唇を噛み締めた浅葱の表情に、常磐は何かを感じ取ったのかもしれない。くっと口の端を上げ、自虐《じぎゃく》的に呟く。

「口籠もったのは、図星を指されたからだ」

常磐の言葉に浅葱はぐっと息を呑む。常磐は行き場のない怒りを抱えている。一番自分に苛立っているのは常磐で、何もかもわかっているのが常磐だ。言葉で癒せない以上、常磐を癒せる方法が他に思い浮かばない。

「――そうだと言ったらどうする？」

だからあえて煽ってみる。

常磐は何かを堪えるように眉間に深い皺《しわ》を刻み、真一文字に引き結んだ唇を浅葱の唇に押しつけてきた。

ただ言葉を封じるためだけの口づけのあと、喉元に唇が下りた。

「痛っ」

ピリッとした痛みに常磐の体を両手で押し返し喉に手をやると、指先に血がついた。

「常磐……」

常磐は驚いた浅葱の腕を摑んで、体を反転させる。浅葱は腰を突き出した格好で両腕は腹の下に押しつけられ、前に回ってきた手に下肢をいじられる。

力のない欲望の先端に下着の上から爪を立てられた瞬間、背筋を強烈な快感が這い上がると同時に、常磐の手の中で浅葱自身が高ぶっていく。

「……っ」

「俺は甘えてない」

苦しげな言葉を発しながら、布越しの浅葱への愛撫の手を強くする。正確には愛撫という優しいものではない。生理的な反応を煽るためだけの行為だとわかっていても、体は否応なしに反応してしまう。

「あ」

「俺が常磐の家に生まれたのは俺が望んだからじゃない。この家に生まれたからといって、甘えてない。必死に足掻いてきた」

それは浅葱も知っている。

周囲のプレッシャーに負けそうになったときもあった。それでも踏ん張ったことを知っている。己の環境に甘えず、練習してきたことを知っている――。

「それは、貴方が一番わかってるはずなのに……っ」

行き場のない怒りをぶつける場所が必要なら、浅葱は受け入れるべきなのかもしれないと思っていた。だが自暴自棄《じぼうじき》な常磐の言葉に不安が過ぎる。

「駄目、だ。待って、くれ」

「嫌だ」

浅葱の言葉を聞く耳など持たず、常磐は下肢をいじりながら、乱暴に下着ごとパンツを引きずり下ろしてきた。そして露《あらわ》になった場所に冷たい外気が触れる。

「孝臣……っ」

直接下肢を握られ、腰の奥に熱いものが押し当てられたそのとき——コンコンという扉をノックする音が聞こえた。

瞬間、二人の動きが止まる。体を拘束していた力が弱まっていくのがわかって、浅葱は急いで常磐の下から逃れる。そして扉に背を向けるようにして服を直している後ろで、扉が開いた。

「彦三郎さん、遅くなりました。ご希望の雑誌が近くの書店に置いてなくて」

買い物に出ていた千雀は、ベッドの上で足を投げ出したまま窓を向いている常磐の表情と、部屋の中に漂う違和感に気づいたらしい。

「……タイミング、悪かったですか？」

「いえ」

浅葱は振り返って笑顔を装う。

「千雀さんが戻られたら、帰ろうと思ってお待ちしていました」

浅葱は荷物を抱える。

「それじゃ、常磐。お大事に」

浅葱の言葉に常磐は返事をしない。

「彦三郎さん、どうしたんですか。先生がお帰りに……」

「気にしないでください。ちょっとした行き違いがあったので」

笑顔を装いながら応じる。

逃げるようにして病室を出て、無意識に襟元に手をやった。小さな痛みを覚えて、常磐に噛まれた事実を思い出す。シャツの襟元を締め、うつむき加減で浅葱は早足で歩く。泣き出したい衝動を堪え必死に平静を装って病院を出てすぐ、タクシーで京都駅へ向かう。

そして新幹線で東京まで戻ると、自宅へ向かう。

家に着くと、そのままベッドに倒れ込む。何も考えずに眠りたかった。けれどシーツに染み着いた常磐の残り香に、病室での記憶が蘇ってくる。

『俺は甘えてない』

足の怪我に苛立ち、誰かに認めてもらいたかっただろう常磐の言葉に何も言えなかったどころか、慰めることすらできなかった。そんな自分に激しい罪悪感が襲ってくる。

自分は何を言えばよかったのか。

浅葱には答えが見つからなかった。

3

常磐は翌日、帰京したらしい。そしてさらに一週間後、足首の腫れが引くのを待って、予定どおり手術のために都内の病院へ入院することになった。

あいにく浅葱は帰京後、仕事でずっと家を空けねばならず、それでもなんとかやりくりして、マンションに戻ったのは入院前夜だった。

しかし二人で過ごすべく借りた部屋に常磐の姿はない。

だから急いで荷物だけ部屋に置くと、常磐の部屋へ急ぐ。

何度も常磐には連絡している。しかし電話に出ないばかりでなく、メールの返信もなかった。それでも浅葱はひたすら連絡を続け、今夜入院の準備を手伝うために部屋へ行くことは伝えていた。

もしかしたら常磐は部屋にいないかもしれないが、それでも構わない。

他の人の話によれば、常磐は杖をつかねば歩けないらしく、立ったり座ったりという動きすら難しいらしい。テレビのワイドショーでも、痛々しい常磐の姿は映されていた。

カメラやマイクを向けられたところで、あの常磐が笑顔で応じるわけもない。

『絶対、一人じゃ何もできないはずだから、先生、よろしくお願いしますね』

昨夜、まだ京都にいる紫川から連絡をもらったものの、正直、不安だった。

すぐに返事をできないでいたら、さらに続けられた。

『どうせ孝臣のことだから、先生に八つ当たりでもしてるんでしょ？　でもそれは孝臣なりの甘えなんです。今回の休演で、彦十郎のおじさんが、共演している役者さんたち全員に、病室からお詫びの電話したんです。まだ完全に復調しているわけではない父親に迷惑をかけてしまったことでも、責任を感じて落ち込んでいるんです。だからなんとかそこは先生が大人になって、我慢してください』

紫川にはすべてお見通しなのかと思うと無性に恥ずかしいが、仕事に対して甘えない常磐が、自分に甘えているだろうことは浅葱にもわかっている。

それにここで常磐に会いに行かなければ、仲直りをするタイミングを逸《いっ》してしまうだろうことももわかっていた。

一応、留守電にメッセージを残した。さらに「今から行く」とメールをしてから、部屋の前でインターホンを鳴らす。当然のように返事はない。留守かもしれないと思いながら鍵を開けると、玄関には見慣れた靴があった。さらに、部屋の中から常磐の香りが漂ってくる。

瞬間、背筋が震えるような感覚を味わいながら、浅葱は声をかける。

「常磐、いるか」

返事はないが、浅葱は部屋に上がる。

とりあえず留守でも、買ってきた荷物を置いていくつもりでいた。

廊下を進みリビングへ続く扉を開けるが、誰もいなかった。だから今度は寝室の扉を開けるが、こちらにも常磐の姿はない。もしかしたら、実家に行っているのかもしれないと思った瞬間、体の力が抜けて安堵感が広がる。予想以上に緊張していたらしい。

胸に手をやって深呼吸をひとつ。ぐっと腹に力を入れた。

「……とにかく、準備しておこう」

買ってきた物を紙袋から取り出して、寝室のウォークインクローゼットにある、常磐が地方公演の際に使用しているスーツケースの中へ入れ替えていく。パジャマにタオルなども詰め込んで、ほぼ準備を終えたとき、玄関の扉の開く音がした。瞬時に心臓が跳ね上がる。そ知らぬふりをして準備を続けようと試みるものの、いつもと異なる廊下を歩く音が近づくたびに、鼓動が高鳴ってくる。

一歩、二歩……やがて寝室の扉が開く。

「何をやってるんですか」

帰宅の挨拶もなく、問い詰める言葉が背中に向けられる。浅葱はゆっくり息を吸ってから振り返った。

「連絡しておいただろう。君の入院の準備」

自分に向けられる厳しい視線と、脇から抱えた松葉杖には気づかないように、目一杯笑顔を装った。

「タオルと下着とパジャマ。それから、必要だろう物は準備して詰めておいた。足りない物は病院で買えるみたいだけど、他に何か必要なものがあれば、見舞いの際に持っていくから……」

「来ないでください」

礼の言葉など期待していない。むしろ常磐にとっては迷惑だと思われるだろうこともわかっていた。それでもここにいるのは自己満足に過ぎない。

一緒に過ごしていながら、常磐の今の状況も気持ちも理解できていなかった。足首に故障を抱えていたことに気づかなかった。そのお詫びではないが、後ろめたさを解消したかった気持ちがなかったと言ったら、それは嘘だ。

でもいずれにせよ、これで常磐が浅葱に抱いている不信感を消せると思っていたわけではない。かといって、さらに拒絶されるとは思ってもいなかった。

だから、常磐が自分に向けた言葉の意味がすぐに理解できない。

「来ないでくれって……」

「入院の準備をしてくださったことには感謝しています。ですが、これ以上、先生の手を煩《わずら》わせるわけにはいきませんし、たかだか二週間程度ですから、基本的に見舞いはお断りするつもりです」

常磐はやけに他人行儀な物言いで説明をする。

「でも洗濯物があるし」

「自分の洗濯ですらろくにできていない人が何を言ってるんですか」

嘲笑《ちょうしょう》するような常磐の言葉に、浅葱は先の言葉を紡げなくなる。

常磐が帰京してから今日まで、会いにくいせいもあったにせよ、仕事を理由にマンションに戻らなかったのは事実だ。

でも、ここで黙ってしまったら話は進まない。今日は覚悟して常磐に会いにきたのだ。

「確かに、毎日行くのは無理かもしれない。でもできるだけ君が入院している間は、時間を作って病院へ行くつもりでいる。だから、来ないでくれなんて、言わないでほしい」

浅葱は懸命に笑顔を作る。

「来ないでください。迷惑です」

しかしわざと強い口調で繰り返された言葉が、浅葱の心臓に突き刺さってくる。

明確な拒絶に、さすがに笑っていられなくなる。扉の前に立ったまま、常磐はその場にしゃがみ込む浅葱を見下ろしていた。その視線に優しさは微塵《みじん》も感じられない。

常磐は怒っている。

「——京都でのこと、まだ怒っているのか」

「怒ってるのは貴方でしょう」

常磐の怪我を知って病院へ行ったとき、気遣ったつもりの言葉が逆に常磐の神経を逆撫でしてしまった。

その後、無理やり病室のベッドに押しつけられ、常磐に怒りをぶつけられた記憶は、今も生々しい。

そこから今日まで、互いに会わないまま日々を過ごしてしまったのだ。

仕事にかこつけて家に戻らない間、常磐のことを考えなかったわけではない。考えたからこそ、今、こうしてこの場に居るのだ。

「怒ってないと言ったら嘘だ」

浅葱ははっきり己の気持ちを口にする。

「でも君に対してだけ怒っているわけじゃない。俺自身にも怒っている……申し訳なかったと思ってる」

「なんで先生が謝るんです?」

何もかもわかっているといたわけではない。だが、わかったつもりになっていた自分の愚かさを痛感した。そして自分の物差しを常磐に当てはめようとしていた事実にも苛立ちを覚えた。

実際は何も知らなかった事実を知って激しい後悔の念に駆られた。今まで自分は何をしていたのだろうか、と。

「僕の足のことがわからなかったことで、申し訳ないなんて思わないでください。迷惑ですから」

図星を突いてきた上に、綺麗に神経を逆撫でされる。

「俺は……っ」

「この間と同じ目に遭《あ》いたくないなら、余計なこと言わないでください」

手にしていた杖を乱暴に放り投げた常磐は、包帯を巻かれた右足を前に投げ出して、ベッドの上にどかりと腰を下ろした。

「俺は」

「わかんないんですか。僕は貴方に、みっともない姿を見せたくないんです」

自虐的な言葉と表情は、これまで浅葱が目にしてきた常磐とは明らかに違っている。笑いながらも腹の底に自分でもいかんともしがたい怒りの塊《かたまり》を抱え込んでいる。

浅葱にはその怒りが見える。浅葱に対して、そして己に対して怒っている。

「貴方は俺の故障に気づかなかったことに申し訳ないと思ってるかもしれません。でも前にも言ったように、俺は故障した自分が情けなくてしょうがないんです」

「わかってる」

「わかってない」

常磐は真顔で浅葱の言葉を否定する。

「リハビリしてる姿なんて、貴方に見せたくないんです」

「俺は見たい」

浅葱は常磐の前に移動して、痛めた足にそっと手を伸ばす。とっさに常磐が足を引くのがわかっていて、逃《のが》れる前にその膝に両手を添えた。

「先生」

「俺たちは一緒に生きていく。そう決めたじゃないか。俺は君のすべてが見たいんだ」

「やめてくれ」

常磐は己の足に触れる浅葱の腕を摑んで立ち上がらせる。

「それとこれとは話が別だ」

「別じゃない」

浅葱は必死に訴える。

「俺は君のすべてを知りたい」

「足のことすら知らなかったのに？」

そこを指摘されると痛い。

「だからこそ、だ」

でもここで怯んだら、前回と同じことになる。

「俺はまだ君のことで知らないことが多すぎる。だから全部知りたいんだ。情けないと思う姿も見せてほしい。俺も見せるから」

「嫌です」

「君にとって俺は、すべてを晒《さら》せるほど信頼している相手じゃないのか」

「信頼しているからこそ――嫌なんです」

常磐の我《が》の強さがここで前面に押し出される。

「先生も言ったように、貴方は俺のすべてを知ってるわけじゃない。俺も先生のすべてを知ってるわけじゃない。信頼しているから、この先も一緒にいたいから、情けない姿は見せたくないんです。そんな情けないところ、自分でも見たくない」

ぎりっと常磐が噛み締める奥歯の音が聞こえてくるようだった。

ハリネズミのジレンマという言葉がある。相手の温もりを感じたいと思いながら、ハリネズミは互いの針で相手を傷つけてしまう。

ドイツの哲学者、ショウペンハウエルが作った寓話だ。

多分、浅葱と常磐の今の状態は、そんなハリネズミと同じだった。

常磐のことをより知りたいと思う気持ちは、彼の心に入り込むのと同じ意味を持つのかもしれない。そして常磐の中には、いまだ他人に踏み込まれたくない場所があるのかもしれない。

針で傷つけることになっても、常磐のことを知りたい。でも常磐は、己の棘の存在を知っていて、その棘が浅葱を傷つけることも知っている。傷つけたくないから近寄りたくない。一番近しい距離を探るために、相手を傷つけたくないと思っている。

「……俺は君に、汚いところも見せている」

「先生は汚くなんてない」

「だったら君も……」

「どうしても俺のすべてを知りたいって言うなら、裸になってください」

「な、にを」

だから浅葱が傷つく前に、己の持っている牙を見せるのだ。浅葱が自分から逃げるように。自分が浅葱を傷つけずに済むように。

愛されていると思う。大切にされていると思う。こんな常磐が、浅葱を己の父親に紹介してくれたことに、強い意志を感じている。

そんな常磐に自分はどう応えたらいいのか。

浅葱は悩みながら、己の着ていたものを脱ぎ捨てる。

最初にニットを脱ぎ捨ててから、デニムの前のボタンを外す。服を脱ぎながら、浅葱は肌に纏わりつくような常磐の視線を感じた。

初めて会ったときから変わらない強い視線。

浅葱の心を射貫《いぬ》く強さは今も変わらない。

常磐はどん底に落ちているわけではない。怪我をした己を悔い必死に足掻いている姿が見える。

ここで浅葱が常磐に従うことで、何かが変わるのか。わからないけれど、浅葱は絶対に常磐から逃げない。己の棘で傷つけることを避けていた浅葱を自ら傷つけることで、常磐は何を思うのか。

すべて脱ぎ捨てた浅葱は、自らベッドに座る常磐の肩に両手をかけ膝の上に跨《また》がった。そして自分から唇を重ねる。

触れるだけのキスを繰り返してから、深く貪るように口づける。

熱い唇の感触に、京都の病室でのことが蘇ってくる。生理的に反応はしても、心は満たされなかった。ただ常磐を追い詰めたことが苦しくてたまらなかった。

だからといってそのまま終わらせたくない。もう一度、自分の気持ちを常磐に伝えたい。想いのすべてを伝えようと必死に口づけるが、常磐の反応は薄かった。それでも浅葱は怯むことなく、常磐の舌に自らの舌を絡めながら、シャツの前を開き、肌に手を忍ばせて胸元を探る。

着痩せして見えるものの、がっしりとした体軀《たいく》と均整の取れた筋肉の隆起が、触れた掌《てのひら》から伝わってくる。軽く汗ばんだ肌の質感と立ち上る常磐の匂いに、浅葱は軽い眩暈《めまい》を覚えながら、常磐の胸に舌を伸ばす。

軽く舌先で胸の突起を転がすようにすると、僅かに常磐の口から吐息が零れ落ちてくる。強烈に艶っぽいその息遣いに煽られ、さらに大胆に舌を使いながら、頭の位置を下げていく。

そして跨っていた膝から下り、パンツの前に手を伸ばす。ボタンを外し、ファスナーに手を掛けた。常磐は何も言わず、されるがままに浅葱を放置している。それでも視線を痛いほどに感じながら、浅葱は自らの意思で常磐に触れる。

浅葱も常磐を求めている。直接掌に伝わってくる熱い脈動だけで、体の芯が震えて熱くなる。

「俺は……君のことを知りたい」

すべてを知りたい。

情けない姿も。格好いい姿も。

甘えん坊で見栄っ張りで、かつて歌舞伎から逃げようとしていたことも、今は誰より歌舞伎が好きだということも知っている。

でも体の故障に気づけなかったことは悔いている。すべて晒してくれていると思っていたが、まだ隠している部分があったことに気づかずにいた。愛して愛されているから、なんでも知っていると思っていたのが間違いだったのだ。

見えるところも、見えないところも。

導き出した淫らな欲望のすべても知りたい。

これまでにも何度も愛撫してきた常磐自身を、改めてじっくり見つめてから、そっと先端に舌を伸ばす。亀頭部分を軽く抉《えぐ》るように突くと、それだけでぶるっと震えて先端から蜜が溢れ出してきた。常磐は上半身を少し後ろに倒し、己を愛撫する浅葱の表情を眺めている。

まるで嘗《な》めるような常磐の視線を全身に感じながら、大胆に目の前の欲望を愛撫していく。

先端だけでなく、細かく唇と舌を使って根本まで浮き上がった血管に添うようにして吸い上げ嘗めると、浅葱の愛撫に呼応して常磐も反応する。

表面だけでなく内側にこもって溜まった熱が、徐々に全体に広がるのも伝わってくる。

時折視線を上げて常磐の表情を確認すると、さすがに平静は装えなくなっている。眉間に皺を寄せ声を、唇を引き結び快感を堪える表情は、浅葱の中にある男の本能を呼び覚ます。

普段のセックスにおいて、常磐を受け入れる立場にあっても、与えられ愛撫されるだけではない。男として浅葱もまた、常磐を気持ちよくしたいと思っている。一方的な愛撫は望まないし、常磐にも自分が覚えているのと同じだけ、いや、それ以上の悦《よろこ》びを覚えてほしいと思っている。

だから己の愛撫で常磐が明らかに感じている姿を見ると、自然と興奮してくる。

嘗めるだけでは足らず、口に含み舌や歯を使い、吸い上げたり刺激していけば、口腔内でさらに変化する。

「……っ」

必死に堪えていた常磐の口から、苦しげに溢れてくる熱い吐息のいやらしさに、触れていない浅葱の下肢も熱を灯《とも》す。触れたい衝動に駆られつつ、今は常磐を高めることに意識を集中する。

高ぶった常磐があられもなく喘いで浅葱を欲しがってくれたらいい。浅葱が普段、常磐にそうされているように。

浅葱は口淫をしながら、奥にある柔らかな常磐のものにそっと触れる。細かい皺を引き伸ばすように指で探ると、口腔内の欲望が反応する。

「……感じるのか」

そっと呟きを漏らすと常磐が顔を横へ向ける。高い鼻筋と唇までのラインは、貪りつきたいほどに艶っぽい。ほんのり赤味を帯びた肌からは、濃厚な男の色香が匂い立ってくる。その色香に酔わされ軽い眩暈を覚えた浅葱の頬に、常磐の大きな手が伸びてきた。

浅葱はこの大きな手が大好きだった。

男にしては綺麗な、でも決して細いわけではない。節のはっきりとした長く骨ばった指は、巧みかつ繊細に動き、浅葱のことをあっという間に天国へと導いていく。

浅葱も同じように常磐を快楽の極みへ連れていきたい。だがそのための術を浅葱はひとつしか知らない。

唾液で濡れた常磐自身は、口から解放しても天を仰ぎ、猛々しい姿を浅葱の前に晒す。

再び浅葱は常磐の膝に手を置いて立ち上がると、自らの手を猛ったものに添えた。そして浮かした腰に先端を近づける。

双丘の狭間《はざま》にある窄《すぼ》まりに熱い先端が触れると、背筋に電流のようなものが走り抜けていく。

「……っ」

脳天まで突き抜ける快感に、頭の中が蕩《とろ》けそうになる。理性も意識も消えそうになりながら、ぐっと腹に力を入れ、常磐の上にゆっくり腰を落とす。と、硬くなった先端が縁を捲り上げるようにして、浅葱の体の中に入ってくる。

ずるりと内壁を擦り全身に広がる刺激を、浅葱は唇を噛み締めて堪える。そしてゆっくり常磐が体内に収まっていくのを感じる。

「……熱い」

額を常磐の肩口に押しつけ、浅葱は今の状況を訴える。

「君の鼓動が、俺の全身に広がる」

目を閉じるとより鮮明になる。

「俺は頼りないかもしれない。役者である君の本当の心など、理解できていないし、体調のことにだって気づけていない」

でも、わかることだってある。知っていることもたくさんある。

こんなことをしても、伝わらないかもしれない。そう思いながらも、浅葱はなんとか常磐に示したかった。

愛していること。

何があろうと、決して常磐の前から逃げたりしないこと。

悩み躊躇《ためら》い迷いながら、必ず同じ場所へ戻ってくる。常磐のところに。

そんな想いを伝えようと唇を寄せようとしたが、常磐はふいと顔を横へ向けた。繋げた体はこんなに熱いのに、やけに冷めた視線が向けられたかと思うと、常磐は浅葱の背中に手を回し体を繋いだまま反転させた。

「……何、を……あっ」

一瞬にしてベッドに仰向けに倒されたかと思うと、すでにこれ以上ないほど奥まで貫《つらぬ》かれてい

た常磐のものが、さらに深くに突き進んでくる。

「ん……あ、あ」

「俺のどんな姿も見たいんだろう?」

浅葱の頭の横に両手をついた常磐の顔は、怒りに満ちている。

病室で抱かれたときと何も変わっていない。理解しようとする浅葱を突き放し、己の殻に隠れようとしているように思えた。

「常、磐……っ」

「セックスすれば、なんでもわかると思ってるなら、大きな間違いだ」

「あっ」

ぐっと腰を抉る突き上げに、甲高い声が零れ落ちる。

「愛し合ってる者同士じゃなくたってセックスなんてできる。ただの生理的な衝動じゃないか。好きじゃなくても勃起する。求めてなくても反応する。それこそ、こんな風に」

二人の腹に擦られた浅葱の欲望の先端を、常磐は乱暴に弾いてきた。

「……っ」

とっさに常磐の体から逃れようとするが、絶対に許されない。肩を摑まれさらに猛ったものが浅葱の体内を擦る。

「ん……ん、ん……」

激しく律動させられるたび、堪えられない声が溢れてくる。

「常、磐っ」

「孝匡、です、浅葱さん」

ぐっと腰を奥まで貫き、上半身を重ねるように近づけてくる。高い鼻筋を擦り合うほど近づけながら、心は遠くに離れていく。

重なり合う唇の熱さも、体内で暴れる欲望の熱さも、ただの生理的な現象だと言うのか。違うのだと言いたいのに想いは言葉にならない。そして浅葱の肌の温もりも、常磐には伝わっていないに違いない。それなのに、繋がった場所は熱くなりいやらしい音を立てる。猥雑《わいざつ》な水音とともに、重なり合った肉が激しく弾ける。そのたび、擦れ合った体内が痺れるように疼《うず》き、下肢に熱が広がる。

「孝匡……。頼むから、もう……」

「やめません、絶対」

一際深く浅葱の内壁を擦り上げながら、常磐はその熱を堪能《たんのう》する。堪えられず蜜を吐き出す浅葱の先端を摘《つま》み、指でそれを腹に塗ってきた。

「俺は貴方に怒ってるんです。貴方へのお仕置きだから、やめろと言われてもやめない。嫌だと言って泣いて許してくれと言っても駄目です。だって俺のどんな姿も受け入れると言ったのは貴方なんだから」

言ったことに嘘はない。けれど言葉とともに、ぎりぎりまで常磐のものが引き抜かれ、狭い場所を目一杯押し開いていた熱がなくなっていく感覚に、浅葱の体は条件反射でぎゅっと収縮してしまう。そして狭くなった場所へ、再び高ぶった熱に一気に押し入られると、何も考えられなくなってしまう。

「ああ……っ」

「ほら、貴方の体だって、こうされるのを喜んでる」

わざと猥雑な言葉を口にして、浅葱の体の奥を強く刺激してくる。浅葱自身、絶対触れることのない場所だ。どんな風になっているのかもわからない。ただ熱く熟《う》れている柔らかいそこは、体内を貫く常磐の欲望にだけ反応する。

どれだけ抗《あらが》おうとしても、どれだけ堪えようとしても、傷つけ合い萎縮する心とは異なり、どこまでも常磐を受け入れてしまう。

「孝匡……そ、こ……あ、あ…」

受け入れたいと思っている。

それこそ、ぴったり重なり合ったときには、生まれたときから二人の体はひとつだったかのような錯覚に陥《おちい》ってしまう。

口で嫌だと言っても、体は求めてしまう。触れられることに悦びを覚え、とことんまで快楽を欲してしまいたくなる。

確かに、自分は男で、常磐も男だ。生理的な反応がまったくないと言ったら嘘だ。でもそれだけで、ここまで相手を想うことはできない。

何も考えず、何も悩まず、ただ抱き合っているだけなら、きっと傷つけ合うこともない。常磐に促されるままに声を上げ、腰を揺らし、猛った熱をきつく締めつける。

常磐のすべてを知りたいから、知っていないから、傷つけてしまう。わかり合えていないことに悲しみが募ってくる。

愛していると甘い言葉だけ繰り返しているだけで済むなら、どれだけ楽だろうか。

でもそんな関係は望んでいない。何があろうと一緒に生きていくと決めたときに、互いの傷を嘗め合うだけの関係は終わった。

二人はもう、新しい一歩踏み出してしまっている。

明け方、常磐が部屋から出ようとした瞬間を、浅葱はまばらな意識の中で感じていた。

「孝匡」

発した声は、自分でも驚くほどに掠れていた。頭を上げることもできず、ただ常磐の背中に声をかけるのが精一杯だった。その浅葱の呼びかけに、常磐が動きを止めたのがわかる。

「俺たちはしばらく、距離を置いたほうがいいのかもしれない」

絶え絶えの、吐息交じりの言葉でも、他に音のない静かな部屋では、常磐の耳に届いたに違いない。

常磐もわかっているはずだ。今の状態でそばにいることは、互いのためにならない。

まるでハリネズミのジレンマだ。

相手の温もりに触れたくて近づくことで、相手を己の針で傷つけてしまう――という。

この先も二人で一緒に生きるためにも、今は距離を置くべきだ。

返事はなかった。これがおそらく常磐の返事なのだ。

4

翌日常磐は入院し、三日後に行われた手術は無事に成功したと人づてに聞いた。その後、諸事情を鑑《かんが》み二週間の入院を経て退院したものの、常磐が戻ってきたのは浅葱の待つマンションではなく、実家だった。

一人暮らしをする家では色々不便だろうし、リハビリのために病院に通いやすいからだろうと、今回の常磐のケガの事を書いた週刊誌の記事で読んだ。

常磐が入院している間、浅葱は見舞いに行かなかった。

多忙で時間的な余裕がない上に、マスコミが常に張っていたためだ。常磐の写真集を撮っているのだから、変に気にすることもないはずだ。

しかし浅葱はあえて病院に行かなかった。

あの日、自分が告げた言葉を忘れてはいない。

そんな浅葱の言葉の意味を、常磐もわかっている。だから実家に戻ったのだ。

もちろん、マンションよりも病院に近いからというのも本当だろう。退院したばかりの彦十郎の体調も気になっていたに違いない。だが最大の理由は間違いなく、浅葱との関係にある。

今の状態で再会したら、先日と同じことを繰り返す。

自分たちは今もまだ、ハリネズミのジレンマを抱えている。常磐は浅葱を傷つけることしかできず、浅葱はその棘から逃れる術を知らない。

会いたい。でも会えない。会ったら傷つけ合ってしまう。

距離を置いたほうがいい――でも、置いた距離をいつ縮めたらいいかわからない。

浅葱のところに竹林の根岸《ねぎし》から電話があったのは、そんなタイミングだった。


「お呼び立てしたのに、すみません、尾上先生。もうしばらくお待ちください」

細面で神経質な印象を受ける顔立ちの男の名前は、根岸悟《さとる》という。歌舞伎興行を一手に取り仕切る竹林の現在の社長だ。

若社長と呼ばれるこの男が社長に就任してから、新しい企画が仕掛けられた。若い人に歌舞伎に興味を持ってもらうためにと、従来歌舞伎を上演していた劇場以外で公演したり、ロックやポップスとの融合を図った作品も企画されている。

重鎮たちには煙たがられることも多いらしいが、歌舞伎という文化の維持継承に一番危機感を抱いているのは、他でもないこの男だろう。

立場的に名前を聞く機会は多いものの、顔を合わせる機会は滅多《めった》にない。二人で話をしたことも、数える程度しかなかった。

それゆえいまだ会うと緊張する。

根岸から突然浅葱の携帯電話に連絡があったのは、昼間のことだ。たまたま仕事もなく家で過ごしていた浅葱は、呼び出しに応じて銀座《ぎんざ》にある竹林の本社へ赴《おもむ》いた。

夕方の忙しい時間なのだろう。浅葱を呼び出しておきながら、根岸は忙しく秘書や他の社員とやり取りをしながら、電話や書類のチェックもしている。

そして十分ほどしてやっと、浅葱の座るソファの前にやってきた。

「お忙しそうですね」

「とんでもない。先生ほどではありません」

根岸は謙遜しつつ、手にしていた書類を浅葱の前に置いた。

「そんなご多忙な先生をお呼び立てしたのには、お願いがございまして」

促されて、浅葱は自分の前に置かれた書類を手にする。

『六代目佐々木松豊《ささきまつとよ》(現豊満《とよみつ》)の襲名披露に関して』

そこには『極秘』の印が押されている。

顔を上げると、根岸は意味ありげに口元に笑みを浮かべていた。

「お祭しのとおり、先生には六代目松豊の襲名披露用のポスター撮影をお願いしたいのです」

不意に蘇るのは常磐の襲名だ。

現常磐彦十郎の専属カメラマンだった師匠の千石と縁が切れて以来というもの、歌舞伎を始めとする日本の伝統世界とはできるだけ距離を取ってきたつもりでいた。

そんな浅葱に舞い込んできた仕事。

当初、虎之介の写真集を撮るはずだったところ、そのスケジュールをキャンセルにした上で、常磐の写真集を撮影することとなった。

もちろん、即決とは言わない。

浅葱はすでに、一人前の、さらに人気の高い実力派カメラマンとして一定の地位を確立していた。だがそれ以前から、自分のする仕事は自分の目で選んできた。

己が撮りたいと思える被写体でなければ、どれだけ好条件の仕事でも引き受けないことも、世間には知れ渡っていた。

それゆえ竹林からも、常磐が被写体として撮るに値《あたい》すると判断できれば、という条件の下で、仕事を依頼してきた。

裏には、浅葱との仕事を切望していた常磐自身の希望があったことを知ったのは、すべての仕事を終えてからだ。

今回の仕事にそんな裏はないだろうが、表向き条件は前回と変わらないらしい。が、浅葱自身の中で、異なる問題がひとつあった。

「すみません。勉強不足で申し訳ありませんが、佐々木豊満さん、というのはどういう役者さんでしょう？　松豊さんはわかるのですが……」

名前自体には漠然《ばくぜん》と見覚えがあるが、顔と一致しない。

「先生がご存じなくても仕方がありません。豊満さんは松豊さんの長子であり、先の南座の公演で、休演した彦三郎の代役を務めた役者です」

「あ……」

彦三郎の名前に反応して顔を上げた浅葱に、根岸はさらに重ねてくる。

「その代役が評判を得まして、いずれと思っていた襲名披露の話が具体化したわけです——興味、持たれましたか？」

根岸は僅かな浅葱の表情の変化も見逃さない。

「ですが、如何《いかん》せん、どんな方かまったく存じ上げないので……」

今の段階で浅葱の持っている佐々木豊満という男の認識は、常磐の代役を務めた男というだけだ。

「もちろん、先生が、被写体となる相手にご興味を持たなければ、どんな仕事でも引き受けないと知っています。ですからぜひ一度舞台をご覧いただけませんか？」

チケットを一枚差し出される。

演目は、『義経千本桜』。浅葱が南座で観ようと思っていたものと同じ演目だった。

「お祭しのとおり、東京でのこちらの演目も、当初彦三郎が演じる予定だったものです」

根岸は微笑を浮かべている。でもその微笑が何を意味しているのか浅葱にはわからない。眼鏡の奥の瞳が訴えている言葉が、浅葱にはどうしても読み取れない。

日程は三日後。

「……仕事が」

「そこはご安心ください。お仕事には差し支えない時間で済みますので」

要するに根岸は、ある程度は浅葱の仕事を把握しているということだ。

やはり読めないこの男のことが、浅葱は好きではなかった。


「豊満のおにいさんは、元々、歌舞伎の家の人じゃないんですよ」

そう説明したのは、虎之介だった。

細身のジャケットにレザー素材のパンツを合わせた姿を見て、この男が歌舞伎役者だとすぐわかる人はいないだろう。今はさすがに黒に戻したものの、かつては金髪に染め、両耳にはいくつものピアスをつけていた。

もちろん派手なのは外見だけで、元々は当時演じていた映画の役柄のイメージに合わせていただけだったのだが、藤村虎之介という役者のイメージをある意味確定させたルックスだったといえる。

仕事の返事を先延ばしにした浅葱が竹林本社を出たタイミングで、虎之介から連絡が入った。銀座のいつものバーにいるから、来ないか、と。

根岸とのやり取りに納得いかないものを抱えていた浅葱にとっては、渡りに船だった。

絶好のタイミングだと店に向かうと、今をときめく若手歌舞伎役者が二人、カウンターで飲んでいた。

一人は虎之介。

もう一人が、紫川だった。

紫川も虎之介と同じで、妖艶《ようえん》な歌舞伎の女形の雰囲気などまったく感じさせない、細身のデザイナースーツに身を包んでいる。

この二人が顔を揃えていて、常磐の話が出ないわけがない。そして浅葱と常磐が会っていないことも、二人が知らないわけもない。

彼らから余計な話をされる前に、浅葱は半ば強引に豊満の話を振ったのだ。

佐々木豊満とは、どんな人なのか、と。機関銃のように質問を投げかけると、なぜ知りたいのかと問われたので、よく歌舞伎関連の仕事を一緒にする、出版社の長田《おさだ》という編集者の名前を出した。

「最近、話題になっていると聞いたので」

さらに何より、常磐の代役を務めた男だ。浅葱が気にしてもおかしくはないと判断してくれたらしい。

そして教えられた事実に浅葱は驚いた。

「え？　五代目松豊さんの、息子さんじゃないのか？」

梨園の世界は実に狭い。

有名どころの役者たちはなんらかの形で親戚筋であることが多い。

佐々木松豊という名跡《みょうせき》は、江戸歌舞伎の人気役者だ。遡れば歌舞伎役者というより、芝居小屋の経営を主としていたらしいが、今年七十二歳になる松豊は、芸達者であり気風もよく、実に味のある役者だ。

それこそ、舞台でよりもテレビや映画のほうが馴染みが深い。

今虎之介の言った「豊満のおにいさん」は、その松豊の息子——というのが、浅葱の認識だ。

だからこそ、『六代目松豊襲名』なのではないのか。

「豊満のおにいさんは、元々国立劇場《こくりつげきじょう》歌舞伎俳優研修所《かぶきはいゆうけんしゅうじょ》を卒業してから、なんです。卒業後、松豊おじさんの芸養子になったんです」

浅葱に説明する虎之介は、歌舞伎役者の中ではかなり異端だと言われている。

歌舞伎の家に生まれながら、父親が役者稼業を廃業している。

それでも親戚筋には歌舞伎役者がいて、幼い頃からずっと歌舞伎に携《たずさ》わって生きてこられたにもかかわらず、本公演ではいまだ、重要な役が回ってくることは少ない。もちろん、年齢的な問題もあるが、やはり後ろ盾がないことはかなり大きく影響している。

では、まったく歌舞伎とは無縁の家に生まれながらも歌舞伎役者を目指す場合はどうか。

役者の弟子や部屋子となる方法の他にも、今は国立劇場の歌舞伎俳優の研修所を卒業する方法がある。

卒業後、さらに役者の弟子になる場合もあるが、とにかく元々歌舞伎役者の家に生まれた場合とはかなり状況が異なるだろうことは、浅葱にも容易に想像できる。

常磐や紫川は、物心つく前からすぐそばに歌舞伎があったのだ。食事をしたり息をするのと同じぐらい、当たり前に歌舞伎に接し、物心つく頃から、三味線や鼓などの音楽に加え日本舞踊も習い始めるという。

幼稚園に通うぐらいの年齢には初舞台を踏み、大人たちの演じる姿を目の前で見続けるのだ。生まれながらに将来を決められていることに、息苦しさを覚える人もいなくはない。常磐のように、周りからのプレッシャーに押しつぶされそうになることもあるだろう。

けれど彼らの大半は、好き嫌いを意識するより前に、歌舞伎に慣れ親しんでいる。

「ところで浅葱先生が豊満さんのことを聞くなんて、どうしたんです？」

改めて面と向かって理由を問われると言葉に詰まってしまう。

「どうせ、孝匡の代役になっているから、気になったんでしょ？」

「まあ、そんなところです」

勝手に解釈してくれた紫川に感謝する。

「松豊さんのお芝居は何度か観たことがあったものの、豊満さんはまだ一度も観ていなくて」

「まあ、それも仕方ないでしょうねえ」

紫川が当然のように応じる。

「名題《なだい》になったのが何しろ三年前でしょ。いくら松豊おじさんの芸養子だとしても、その辺りは厳しい世界だから……」

「ちょっと待ってください」

細い指でグラスを揺らす紫川の手を止める。

「なんですか、その名題って」

初めて聞く単語だ。

「あれ、センセ、知らないっすか？」

驚いたのは虎之介だ。

「ごめん。聞いたことない」

「え、まじっすか。センセのことだから、俺の知らないことも当然知ってると思ってたっす……、痛っ！」

「何をばかなこと言ってんです。貴方、仮にも現役の歌舞伎役者でしょ」

紫川は隣に座る虎之介の頭を叩いておきながら、表情には笑みを湛《たた》えている。内心紫川も、虎之介の言葉を肯定しているのかもしれないが、とんでもない話だ。

何かと歌舞伎業界と縁は深くとも、知らないことが多すぎる。

「いやいや、マジに、尾上センセならなんでも知ってるもんだと思ってたっす」

「本当に全然聞いたことない」

浅葱の話を無視して虎之介は話を続ける。

「あれ、緊張したっすよ。錚々《そうそう》たる人たちの前での試験っすからねえ。もう、掌に汗ぐっしょりかいてました」

「僕もだよ」

紫川が実に艶やかに微笑む。

「紫川さんも受けなければならない試験なんですか？」

「もちろんです。歌舞伎役者の階級なんですよ。名題下《なだいした》の役者が、名題試験を受けて合格すると名題役者になるんです」

「名題試験？」

「正式名称は『名題資格審査』って言うんです。筆記試験と実技試験がありましてね、歌舞伎俳優の所属する協会の理事で構成された審査員の審査結果で『名題的認証』というものを取得するんです。わかりやすく言えば、表向き、一人前の歌舞伎役者である証明証みたいなものです」

「その協会の理事が、まさに重鎮ばっかりなんですよ」

当時のことを思い出したように、虎之介が頭を抱えた。

「とんでもない重鎮の前で、課題を演じるわけっす。もー、もー、もー、超超チョー！　緊張しました」

「紫川さんも？」

「それはもう、すごかったです」

神経がナイロンザイルでできているのではないかと思わされるほど図太い紫川にしては珍しく、

遠い目を見せる。

「僕のときには、当時まだ健在だった、氷川のおじい様や人間国宝のおじさまたちが、揃っていらっしゃったんです。一緒の舞台に立つよりも遙かに緊張しました」

「そういうものなんですか」

「二度とあんな試験、受けたくありません。孝匡ですら、同じこと言ってました」

本気で紫川は嫌そうな顔をした。

「その審査に合格してから、さらに先輩、贔屓《ひいき》筋や興行主の賛同を得て『名題昇進披露』を行うことで初めて『名題俳優』となれるんです」

「大変、なんですね」

「おまけにこの審査を受けるには、歌舞伎の世界に入門して十年以上が必要なんですよ。これは梨園の家に生まれていようが、芸養子であろうが関係ないんです」

紫川が名題試験を受けたのが、十五年前で、虎之介は十年前だという。それも彼らが物心つく頃に初舞台に立っていたからの話だ。

国立劇場の俳優養成所出身の豊満は、スタートが卒業後だ。そこから最低十年を経なければ、受験資格を得られないのである。

となれば、名のある役についたのが最近で、浅葱が名前と顔が一致していないのも、ある意味当然なのかもしれない。

「随分《ずいぶん》とややこしい」

浅葱が溜息を吐くと、紫川は「でしょ」と肩を揺らす。

「元々は江戸時代に話は遡るんですよ。芝居小屋の前に歌舞伎の演目を掲げてたんですけどね、その看板に一緒に名前を書いてもらえる役者のことを、名題役者って言ったんです」

「ああ、なるほど」

「とはいえ、今は名題になったからといって、すぐにいいお役が回ってくるわけじゃないことも多いんですよ。豊満のおにいさんも、この間の孝臣の代役で注目を浴びて、やっとお仕事増えたぐらいらしいですから」

常磐の名前に浅葱の鼓動が速くなる。松豊の芸養子でも、そう簡単に大きな役がもらえるようになるわけではないということだ。

「豊満さんって、どんなタイプの役者さんなんですか？」

「彦三郎さんとは真逆っすね」

「真逆？」

浅葱は短い声を上げる。

「なんていうのかな。彦三郎さんって、サラブレッドじゃないっすか。紫川さんも」

「家柄、という部分で言うならね」

紫川は若干眉根を寄せながらも、とりあえず虎之介の言葉を肯定する。

「そのせいかはよくわかんないっすけど、やっぱり彦三郎さんは豪快な役や二枚目が得意だなって思うんすよ。それこそ助六《すけろく》とか毛抜《けぬき》とか。でも豊満さんは何度か自主公演でご一緒したけど、江戸っ子気質の気風《きっぷ》のいい役が上手いっすよ。てやんでえって言うような。テレビドラマの時代劇でも、町人の役とかたまにやってますし」

そこは義父である松豊と同じなのか。

「味のある女形もいいですよ」

虎之介に次いで紫川も意見を述べる。

「町娘とかっすよね。お姫様とかじゃなくて」

虎之介は先ほどと同じようなコメントを口にする。

「家柄云々《うんぬん》は僕にはわかりません。ですがとにかく、豊満さんは真面目で勉強家なんですよ。松豊のおじさんの方針もあったんでしょうけど、彦十郎のおじさんを始めとする他のおじさんたちにも教えを乞いに行っているぐらいなんです。孝臣の代役に決まって実際の舞台に立ちながらも、終演後に僕や共演者にコメントを求めてきたり、過去の様々な映像を繰り返し見て勉強していました。本当に頭が下がります」

どういう形であれ、紫川がこんな風に誰かを褒めるのは珍しい。それだけ豊満は役に対して真面目に取り組んでいるということなのだろう。

ただ、浅葱は疑問を覚えた。

「常磐と真逆のタイプなのに、代役をやれるものなんですか」

「誰かが休演したときの代役は特に、タイプがどうこうなんて二の次ですよ。演じられるか否か、それが一番です。大体、役者ごとの役柄があって当然ですから」

要するに豊満なら、タイプが常磐と異なっていても、演じられるだろうと判断されたということだ。

「豊満さんに興味があるなら舞台を観るのが一番ですよ、先生」

紫川がふっと笑う。

「特別興味があるというわけでは……」

「今やっている演目、以前、孝臣が演じたときの作品を映像で観たことがあるんでしょ？　孝臣と豊満さんの演技を比べてみれば、わかることがあるかもしれませんよ」

紫川は浅葱の言葉など聞かず、己の言いたいことを続けた。そして、意味ありげな視線を浅葱に向けてくる。

「今回の公演のチケット、竹林の若社長からもらってるんでしょう？」

「なんでそれを……」

根岸との話し合いの場に他に人はなく、さっきの今だ。先ほどの話を浅葱から他にする間もなかった。

となれば、根岸自身の口から漏れたこと以外考えられない。

「千里眼《せんりがん》なんでね」

直接聞いても、紫川はふふっと笑うだけだ。

根岸と紫川の関係は、浅葱も正直不思議だった。多忙な竹林の社長が、紫川が出演する公演には関東近郊のみならず地方にも顔を出していると聞く。

確かに常磐家と竹林の関係は先代の頃から深く、幼い頃から子どもたちも仲が良かったというが、それだけなのか。

根岸は結婚していて子どももいる一方で、紫川は男女問わず、様々な色恋話が出ているものの、決まった相手はいないらしい。

浅葱の視線に気づいているだろうに、紫川は余裕の態度を崩さない。

「ささ、先生。飲みましょう。せっかく久しぶりに会えたんだから」

浅葱の手の中のグラスを奪った紫川は、キープしてあるバーボンを縁ぎりぎりまで注ぎ入れる。

「そんなに……」

「心配しないでも、孝匡のリハビリが順調で、復帰予定も決まったなんて話はしませんよ」

浅葱ははっと顔を上げる。

「決まったんですか、復帰」

「どうせ孝匡から直接教えてもらえるでしょうし、別に僕から言わなくてもいいでしょ？」

いつなのかと聞く前に、紫川は先に釘を刺してくる。

本当に紫川は性質が悪い。今、浅葱が常磐と連絡を取っていないことは当然知っているだろうに。だからそこまで言っておいて、浅葱が自分から尋ねない限り具体的な時期は教えてくれないのだ。

いつなのかと尋ねたい衝動に駆られつつ、浅葱は虚勢を張ってしまう。

「ええ。ご心配いただかなくても、直接常磐から聞きますから大丈夫です」

「そうそう、それがいいです。意地を張りすぎてもいいことなんてないんだから」

紫川は真面目な顔になる。

「先生だって、なんらかのタイミングが欲しいって、そろそろ思ってた頃でしょ？」

何もかも見透かしたような物言いにカチンとくるものの、否定できなかった。

距離を置いたほうがいいと思ったのは事実だ。あのときの状況では、お互いを傷つけてしまう。

浅葱も常磐もお互いを思っているのに、思うがゆえに傷つけ合ってしまう。

だから少し互いに考える時間が必要だと思ったが、離れても不安になるだけだった。どれだけ傷つけ合っても、とことんぶつかるべきだったのかもしれない。

紫川が言うように、元どおりに戻るタイミングを逸してしまっている。

浅葱から申し出た以上、連絡は自分がすべきだと思っている。でもそれを「いつ」にすべきかわからない。ただ漠然と、復帰が決まればと思っていた。復帰が決まって舞台に立てれば、常磐の中の不安がひとつ消える。浅葱も、故障に気づけなかった負い目から逃れられる——かもしれない。

でもそれですべてが帳消しになるわけではない。それこそ今回と同じ過《あやま》ちを繰り返さないためにも、一歩前に進まねばならない。

自分も。それから、常磐も。

その一歩が具体的に何か、浅葱にはまだ見えていなかった。

5

三日後、根岸の言ったように予定よりも早く一本目の仕事が終わった上に、後の仕事は翌日に延期になった。

ちょうど歌舞伎関係の仕事だったからだろう。撮影現場に顔を出した長田に理由を問い詰めると、あっさり白状した。

「そりゃ、竹林の若社長から直々に言われたら、予定変更するしかないでしょ」

本来長田の担当する雑誌は女性誌なのだが、浅葱が常磐の写真集を撮る前から、長田は歌舞伎などの伝統文化の若手を取り上げるようになっていた。それが功を奏し、今では若手歌舞伎役者を集めたムックなども製作し、着実に売り上げを伸ばしている。中でも浅葱が担当した常磐の写真集はずば抜けた売り上げを出していた。

この状況で、歌舞伎の興行を取り仕切る会社の社長の機嫌は損ねたくない。むしろ無理を聞いておいたほうが得策だ。

「また次に何か美味しい仕事があるときには、俺にも声をかけてくださいよ」

調子のいいことを言う長田の腹に一発ジャブを食らわせて、浅葱は歌舞伎座《かぶきざ》へ向かった。

「ったく」

文句を言いながらも劇場に辿り着いたとき、まだ目的の演目が始まる前だった。

桃山《ももやま》様式風の外観の歌舞伎座は、やはり独特の空気感を醸し出している。さらに足を一歩踏み入れるだけで、タイムスリップしたような気持ちになれる。まさに「伝統」である歌舞伎という文化を担う場所として威風堂々とした建物の前に来ると、自然と背筋が伸びる。

考えてみたら、歌舞伎座に来るのは半年ぶりぐらいだった。常磐が故障をしてからというもの、歌舞伎座のみならず劇場からも足が遠のいていた。

筋書きを購入し、座席を確認してから劇場へ続く扉を押し開くと、次の演目の開演が近いことを知らせる「チョン」という拍子木が打たれる。

「キ」と呼ばれるこの音は、開演の七分前、五分前、一分前を知らせるべく打たれる。会場に響くこの音を打つには、熟練の技が必要だという。拍子木だけではない。音楽も役者も背景も何もかも、長きに渡る伝統の上に成り立ってきたという事実を、改めて実感させられる。

同時に、初めて常磐の舞台を観たときのことを思い出す。直接チケットを回してくれたのは虎之介だったが、裏で動いていたのは今回と同じで根岸だろう。

襲名を前に、実際の舞台を観るようにと言われて、ここ歌舞伎座を訪れたのだ。そして演目もろくにわからないまま、花道から現れた常磐の姿に魅了された。

『助六縁江戸桜《すけろくゆかりのえどざくら》』の助六。常磐家のお家芸とも呼ばれる、軽快かつ豪快な話に登場するヒーローは、常磐の当たり役と言えるだろう。

あれから何本もの作品を観ている。最近目にした、『女殺油地獄《おんなころしあぶらのじごく》』の河内屋与兵衛《かわちやよへい》も、ある意味はまり役だったと思う。だがまだ発展途上であり、今後何度も演じることで、常磐なりの与兵衛を作り上げて行く。だから助六を見たときほどの衝撃には出会っていない。

もちろん、常磐に言ったことはないが、彼自身気づいているだろう。常磐自身が誰より一番、常磐彦三郎という役者に対する評価が厳しいからだ。

もともと常磐が演じるはずだった役は、挑戦だと言われていた。常磐が得意とする、型を重視した作品とは若干異なる。浅葱も映像で一度常磐が演じたものを観たことがあるが、凛々《りり》しいというよりもユニークさが感じられる役だ。身体能力の高さも要求される。

父親である彦十郎に、浅葱のことを打ち明けた直後だからこそ、常磐は余計に成功させたかったに違いない。すべての人に、そして誰より父に認めてもらいたかった。

これまで以上に必死に練習して、無理をおした結果、休演という事態に陥ってしまった。

真正面から役者の道に進むことを決めた常磐は、舞台に立てなかったここ数か月、どんな気持ちだっただろう。

紫川の弁によると、復帰予定が立ったという。常磐が実家にいて浅葱と連絡を取っていないと察しているのだから、知っている情報を教えてくれればいいのに。

自分から常磐に聞く勇気がない己を棚上げに内心ぼやきつつ、席に座って筋書きを開こうとしたとき、隣に人の気配を感じる。そしてその人が口を開く。

「席、お間違いじゃありませんか、か……」

「え？」

浅葱は慌てて上着に無造作に突っ込んだチケットを取り出して、そこに書かれた番号と席の番号を確認する。と、自分の席は隣だった。

「すみません。勘違いしていて……」

謝ろうと相手の顔を見た瞬間、浅葱は己の目を疑った。眼鏡をかけ前髪を額に下ろしていても、その人が常磐だとわかる。相手もまた、浅葱の顔を見て驚きの目を向けてきた。

「……と、き……」

名前を呼びかけようとした浅葱に示すように、男は己の唇の前に長く綺麗な指を立てる。

そして浅葱と自分のチケットの番号を確認すると、隣同士だった。

「ったく……」

チッと常磐は小さく舌打ちする。

「面倒だから、このままにしましょう。どうせ隣同士なんだから」

「ご、めん……」

突然の展開に困惑しつつも、浅葱は再び浮かしていた腰を椅子に下ろす。その隣に常磐が座って初めて、彼の手に杖らしきものがないことに気づく。浅葱の視線に気づいた常磐が「なんです」と聞いてきた。

「杖がないと思って」

「退院したときから使っていません」

常磐は浅葱にだけ聞こえる声で応じる。

「どうしてここに？」

続けて問うと「紫川さんです」と吐き捨てるような口調で言い放つ。

「昨夜、突然電話がかかってきて、何がなんでも観に行けと言うから何かと思ったら」

大きな溜息を吐きながら飲み込んだ先の言葉は、大体予想ができた。

紫川は根岸と繋がっていたのだろう。そして浅葱がこの演目を観るのを知って、常磐に連絡をしたに違いない。

「先生も同じでしょう？」

「そ、そう」

咄嗟に浅葱は応じてしまう。

根岸にチケットを回してもらったことを打ち明ければ、理由を聞かれるだろう。そうなったとき、豊満の話をせずにいられる自信が、浅葱にはなかった。この話を知った常磐が、面白いわけがないことも容易に想像できてしまう。

休演した演目の、自分の代役なのだ。この演目の稽古中に故障した。おまけにその代役が評判となって襲名の話が具体化したと知ったら、どんな気持ちになるか。

同じ歌舞伎役者として喜べるものか。それとも——今の浅葱には、常磐の気持ちがわからない。

だから不用意なことは言えない。

今、どんな気持ちでこの場にいるのかもわからない。

やがて、開演一分前の「キ」が響き、ざわついていた劇場内が静まるのと合わせるように、竹《たけ》本連中《もとれんちゅう》の音が響いてくる。

開幕だ。

源平合戦後の話を描いた『義経千本桜』、そのうちの四の切『川連法眼館の段《かわつらほうげんやかたのだん》』は、川連法眼という僧侶のいる吉野山金峯山寺《よしのやまきんぶせんじ》に逃げ込んだ源義経を追いかけて、家来である佐藤四郎兵衛《さとうしろうひょうえ》忠信《ただのぶ》、さらに義経の恋人である静御前がやってくるという話である。

佐藤忠信は、母親の病気、さらには己の病ゆえ、都に戻れずにいたところ、主人である義経が都落ちしたと知って、慌てて追いかけてくる。が、それとは別に義経を追いかける静御前のそばにも、なぜか佐藤忠信がいた。

この佐藤忠信は実は、静御前の持つ、由緒正しき『初音の鼓《はつねつづみ》』に使われた、霊力のある狐の子どもが化けた姿だった。そして親の魂の入った鼓が恋しくて、静につきまとっていた。静が鼓を叩くと姿を現した忠信は、狐であることがばれた瞬間、全身白い毛の狐に変化し、様々な演出《ケレン》や奇抜な立ち回りで、親狐と同じく霊力を持つ狐であることを表す——本来常磐がやるはずだった忠信は、つまり二役をこなすのだ。

義経の忠臣である忠信と、狐忠信。

浅葱が観たのは、若手を中心とした自主公演の映像だ。記録用のもののため、映像自体あまりよくなかったせいもあると思うが、アクロバティックな展開以外のことは、はっきり覚えていなかった。もちろんその動きも、常磐は存分にこなしていたと思う。だが、如何せん印象があまりない。特に狐になってからの記憶があまりない。

評判は、従来どおりだったと思う。特別絶賛されていたわけではない。誰もが予想する範囲内だったのだろう。

その忠信という役で、佐々木豊満は絶賛されている。それこそ根岸が松豊襲名を考えるほどだ。

一体どんな忠信を演じているのか。その忠信を常磐はどんな気持ちで観るのか。

無意識に緊張しているらしい。汗がぐっしょり滲む手をぐっと握っていると、大向こうの「弁《べん》

「天屋《てんや》」のかけ声とともに、花道から本物の忠信が姿を見せる。

堂々と背筋を伸ばし、凛とした態度で壇上まで現れる。身長は常磐より低いだろう。しかし全体的にがっしりとした体躯のせいか、随分と大きな男に感じられる。

声は常磐より少し高いか。滑舌《かつぜつ》は見事。主君に対する長台詞を、明瞭な発音で述べていく。上手い。

だが序盤ゆえか、これまで目にした他の役者たちと、具体的に何がどう違うか、際立ったものは感じられない。

カメラマンとしての目で見ても、それは同じだ。撮りたいと思う強い衝動は芽生えてこない。

別に豊満の演技が悪いわけではない。何しろ浅葱は演技に関してはまったくの素人《しろうと》だ。ただ感覚的に、被写体としての相手を観ているだけのことだ。

他の役者と比べて、飛び抜けてどうこうというものではない。だが登場してきた瞬間、観客席がどっと湧いたのは、豊満への期待からだろう。

続けて、花道から赤い着物姿の静御前に扮する紫川が現れる。一瞬にして舞台全体が華やかになる。豪華な飾りをつけた鬘《かつら》をかぶった白拍子《しらびょうし》である静を、可愛らしく、艶やかに演じる。

板の上に、義経や忠信など他の役者がいても、浅葱の目は静に惹きつけられる。

たった一人の女形だからとか、衣装が目立つからという理由ではない。言葉ひとつ発していなくても、常磐とは異なるものの、紫川にも独特の華がある。

ひとつの演技、ひとつの視線、ひとつの仕種。女形であるがゆえと言ってしまえばそれまでだ。だがそんな一言で済ませられない、紫川にしか出せない艶を孕んでいる。

彼の父である常磐花菖蒲は、早世した稀代の女形だ。ありとあらゆる女形の役を演じ、その美しさと艶っぽさで人々を魅了した。

どこか悪女の空気を纏っているところが、特に魅力的だったと言われている。

紫川も父と同じく、他とは一線を画するほど、圧倒的に美しい。でも花菖蒲と違うところは、高貴な姫も街娘も花魁《おいらん》も、すべて異なる美しさで演じられるところだ。

儚《はかな》くも強くも妖艶にも、熟女にも生娘《きむすめ》にもなれる女形は、さほど多くない。芸達者で踊れて楽器の演奏もできる。二十代のときから、重鎮の役者たちの相手役として求められている。そんなまさにベテランの女形である紫川が演じる静は、忠信とのやり取りでは、完璧に相手を圧倒してしまう。

この程度かと、複雑な気持ちになる。

常磐も同じ気持ちだろうか。そっと隣を盗み見るが、常磐の様子は予想とは異なっていた。唇を噛み締め、膝に置いた手は拳を握り、食い入るように壇上を見つめている。

役者である常磐は、浅葱にはわからない何かを感じているのか。

そんなことを考えているうちに、場面が変わる。

三味線にのせた義太夫《ぎだゆう》の語りの中、初音の鼓を手にした静が一人で舞台の上に立っていた。

鼓を鳴らせば、静に随行していた忠信が現れる。だから忠信を呼び出すべく静が何度となく鼓を鳴らしている。と、花道に気を取られる大きな音がしたかと思うと、気づけば壇上に再び豊満扮する忠信が現れていた。まさに一瞬の出来事。観客席にざわめきが起きたとき、舞台にいた忠信は、明らかに先ほどいた忠信と異なっていた。

「……っ」

浅葱は思わず目を瞠《みは》る。

手首を猫のように折り曲げ、仕種がやけに動物めいている。大きく見えていた体が、実に軽快に飛び跳ねる。先ほどは圧倒的に紫川に押されていたが、今は違う。鼓の音に合わせ踊る姿と表情から、生気が感じられる。

まさに、水を得た魚。

何者なのかと静に誰何《すいか》され、鼓を渡され舞台中央でえびぞりになる見せ場で、場内から大きな拍手が湧き上がった途端《とたん》、浅葱の全身が総毛立った。

鼓を見つめる視線は切なく、可愛らしく、義太夫の語りに合わせた仕種に、さりげなく親への想いが溢れている。

さらに己の素性を明かす場面では、誰もが聞き入ってしまう。忠臣の忠信のときとは抑揚《よくよう》も違う。気づけば視線が豊満を追いかけている。

「さてはそなたは……」

静が忠信の正体を指摘した直後、白い狐の姿になってからの動きは、まさに圧巻だった。ところどころにケレン味たっぷりの演出を交え、見事な身体能力を発揮しながら、演技部分では完璧なまでに子の親への思慕をとつとつと訴える。特に視線のやり方が秀逸だ。

紫川演じる静に向けていた視線を、ゆっくり観客席へ向けてくる。一階席の手前から奥、さらに二階席に至るまで、誰もが忠信の悲しみを堪えた瞳と表情が見られるよう、じっくり顔を動かし視線を動かしていく。

浅葱も一瞬、忠信と目が合った——と思った瞬間に、強烈に心を揺さぶられた。本当に涙を湛えているのかもしれない。揺れる瞳と僅かに震える唇などの動きに、人ではない動物であるがゆえの、真っ直ぐで汚れのない、親子の愛情と寂寥《せきりょう》が伝わってくるように思えた。

常盤の演じる忠信を映像で観たときには感じなかった感情の機微《きび》が、手に取るように伝わってくる。

生の舞台と映像では明らかに受ける印象が異なる。でもこの忠信なら、映像で見ても明確な感情が伝わってきただろう。

親を想う視線の切なさに、常磐と反対側の隣に座っていた観客がすすり泣きを始めた。隣の客だけではない。場内のあちこちからすすり泣きが聞こえてくる。狐の悲しみが、劇場全体を覆ったとき、膝の上でずっと握られていた常磐の手が浅葱の手に伸びてきた。

何も言うことはなく、目は舞台に向けたまま、ただ無言で浅葱の手を握ってくる。その手は汗ばみ指先は冷たくなっていた。重なる手から伝わってくる気持ちに、浅葱は心臓を鷲掴《わしづか》みされるようだった。

まだ常磐の舞台を観ていなかった頃、仕事仲間である長田の口から、常磐の舞台を観て泣く人がいるという話を聞いた。珍しいことだと言っていた。

それがなんの演目だったか覚えていない。でもかつての常磐には、演技で人を泣かすことができていた。

でもここのところ、少なくとも浅葱が足を運んだ常磐の舞台でこんな風に感情を揺さぶられたことはない。

もちろん、演目の影響は大きいだろう。人々の生活を描く世話物《せわもの》より、荒事《あらごと》を得意とする家柄だ。観客たちが求めるのは、派手で雄々しく凜々しい演目だ。

『女殺油地獄』の河内屋与兵衛は、そういう意味でかなりの挑戦だったかもしれない。まだ発展途上ながら、狂気に満ちた表情は、今でもはっきり思い出せるほどに凄みがあった。

けれど、今、豊満を見て感じるものとは異なる。

常磐の演じていた忠信と何が違うのだろうかと、浅葱は懸命に考えた。常磐の、二枚目と言われる容姿が災《わざわ》いしたのかもしれない。豊満が狐になったときに感じた、丸めた手や仕種の可愛らしさは、常磐のときにはわからなかったものだ。

きっとこの芝居は、昔からこういう型でこういう演技だったのだろう——想像の範囲から出ることのない演技は、ある意味で正統派かもしれない。けれど、観客が望むのはどんな芝居か。浅葱の思う疑問は、常磐も感じているに違いない。

終演後、鳴り止まないスタンディングオベーションが、それを物語っていた。

「ちょ、待て。とき……じゃない、孝匡」

浅葱は周囲に気づかれないよう極力声を抑えながら、劇場のロビーをどんどん歩いていってしまう常磐を追いかける。

幕が下りるや否や、常磐は握っていた浅葱の手を振り払い、席を立ってしまった。浅葱は慌ててその後を追いかけたが、どれだけ引き止めても足を止めようとしない。

「楽屋に挨拶に行かなくていいのか？」

その問いでやっと常磐は浅葱を振り返る。

「誰に挨拶に行けと言うんですか」

眉間には深い皺が刻まれ、何かを堪えるよう唇をぐっと噛み締めた。体の横で固く結ばれた拳が、微《かす》かに震えている。

「己の責任で休演した無様《ぶざま》な姿を、顔合わせのときの他に、また晒してこいって言うんですか？」

常磐の休演の際に、彦十郎が病床から共演役者すべてに連絡したという話は紫川から聞いた。おそらく今回の公演では、役者全員が顔を合わせる顔合わせの場で、休演を詫びたのだろう。

「それとも、喝采《かっさい》を浴びている豊満さんの姿を、己の目に焼きつけてこいとでも言うんですか」

「……悔しくないのか」

浅葱は懸命に言葉を探す。

「本来なら君が演じるはずだった役だ。あそこにいるのは、君だったはずだ。それを、こんな風に逃げるようにして帰っていいのか？」

「誰が逃げるんですか」

険しくなる常磐の表情に、浅葱は怯みそうになる。だがぐっと腹に力を入れて堪える。

「君だ」

「俺は逃げてなんていない」

「逃げてるじゃないか。挨拶しないで帰るのは、自分の負けを認めているんじゃないのか」

「誰が負けてるって言うんですか」

「さっき、俺の手を握ってきた意味が、わからないわけがないだろう」

「あれは――っ」

「尾上先生」

一際大きくなった常磐の声に、どこからか浅葱を呼ぶ声が重なってくる。そちらに浅葱の注意が向いた瞬間、常磐は本当に逃げるように目の前にやってきたタクシーに乗り込んでしまう。

「あ……っ」

引き止めようとしたときにはもう、扉は閉まっていた。そして常磐の指示で車は走り出してしまう。まさに、一瞬のことだった。

「仕事が押してしまって舞台には間に合わなかったものの、まさかこんなところでお会いできるとは……」

浅葱を呼んだ声の主である、スーツの上からトレンチコートを着込んだ根岸は、胡乱げな目つきを見せる。

「ところで、今一緒にいらしたの、彦三郎さんじゃありませんか？」

「――あの、一緒に観劇していたのですが、リハビリがあるからと」

浅葱は懸命にフォローする。

「そうですか。それは残念です」

根岸は己の顎に手をやるが、常磐が浅葱と隣同士の席だったことは当然知っていてとぼけているだけだ。

「でも、リハビリならしょうがないですね。彦三郎さんは、この先歌舞伎界を背負ってもらわなければならない若手の筆頭ですからね。しっかり足を治してもらわなければなりません」

根岸の言葉に嘘はないだろう。

でも常磐に期待を寄せる一方で、常磐の代役で名を挙げた豊満に松豊をこのタイミングで襲名させる計画を立てただけでなく、そのポスターを浅葱に撮らせようとしている。

確かに今が推《お》すタイミングなのだろう。興行主として当然かもしれないが、鬼だとも思う。

でも、より鬼なのは自分だ。常磐が喜ばないだろうとわかっているのに、嫌がるだろうと想像できているのに、根岸からの仕事の依頼を断るどころか、引き受けたいと思っているのだから。

「ところで、先生、もうお帰りになるところですか？　もしお時間あるようでしたら、豊満さんにご紹介したいので、楽屋に挨拶に行きませんか？」

一瞬、躊躇《ちゅうちょ》する気持ちが過る。

だが、ここで否と言える状況にはない。元々根岸は浅葱に豊満の舞台を見せた上で、紹介するつもりでいたのだ。

それに浅葱自身、豊満に直接会ってみたい気持ちが強い。

「お願いします」


「舞台、いかがでしたか?」

公演を終えたばかりの楽屋は、大勢の人たちが行き交っていた。彼らは根岸に気づくと、丁寧に挨拶をしてくる。根岸も丁寧に会釈《えしゃく》を返しながら、浅葱に舞台の感想を求めてきた。

「面白かったです」

浅葱は即座に答える。

「でしょう」

根岸は満足気だ。

「普段歌舞伎をご覧にならないお客様にも人気が高いんです。アクロバティックな演出も見応えがあったでしょう」

「はい」

狐忠信の奇想天外な動きは、観ていて興奮した。でも浅葱が面白いと思ったのはそこだけではない。

おそらく浅葱が興味を持つだろうことは、根岸の思惑どおりなのだろう。それだけこの演目に自信があったのだ。だから浅葱に観るように言ってきたに決まっている。ある意味、根岸は浅葱のカメラマンとしての好みをよく知っている。

それでも最終的な判断は浅葱に任されている。

板の上にいた豊満は十分魅力的な役者だった。では果たして佐々木豊満という役者の素顔は、どんなだろうか。

期待と不安を覚えながら歩いていると、廊下の突き当たりにいた人が根岸に気づいた。

「根岸社長、いらしていたんですか」

舞台を終えた直後の役者なのだろう。浴衣姿で、首や額に落としきれていない白粉が残っている穏やかな顔つきの男は、根岸が振り返るとその場で膝をついて頭を下げてきた。羽二重《はぶたえ》を外したばかりだからだろう。前髪もボサボサだ。眉毛が薄いせいか、顔の印象がすごく薄い。

背の高さはおそらく百八十センチには若干欠けるぐらい。肩幅はがっしりしていて、全体的に肉厚な体つきをしている。年の頃は四十代前半ぐらいだろうか。

「お忙しい中、ありがとうございます。社長には、感謝してもしきれません」

「何を言ってるんですか、豊満さん」

「え……？」

その場にしゃがんだ根岸が口にした名前に、浅葱は小さな声を上げる。浅葱の反応に、根岸が「先生、初対面でしたよね」と思い出したように言う。

「紹介します。狐忠信を演じていた、佐々木豊満です」

6

常磐《ときわ》に連れられて、浅葱《あさぎ》も数度来たことのある老舗の個室は、注文した酒と料理を運んでくるとき以外、客の邪魔をすることがない。つまり料理がすべて出され、酒も最初の段階で頼んでしまえば、会計するまで誰もやってこない場所となる。

実際に自分で支払いをしたことはないが、とにかくすべての料理が美味くて酒の種類も豊富だ。

気心知れた仲間との食事なら楽な場所となるが、根岸《ねぎし》と初対面の豊満《とよみつ》と一緒だと、浅葱は今にも息が詰まりそうだった。

が、当の豊満は、あまり気にしていないように、美味そうに料理や酒を楽しんでいる。

浅葱は己の真正面に座る男の表情を、食事の合間にちらちらと確認した。

根岸に挨拶《あいさつ》をしているこの男が、たった今まで、圧倒的な演技力と身体能力で狐忠信《きつねただのぶ》を演じていた佐々木《ささき》豊満なのか。

常磐も紫川《しせん》も、当然のことながら、舞台の上と下ではまったく表情が異なる。虎之介《とらのすけ》や上方《かみかた》歌舞伎の若手役者である澤松京之助《さわまつきょうのすけ》も同じだ。だが彼らには共通していることがある。舞台を下りても、皆、役者の空気を纏《まと》っているのだ。

でも今浅葱の前にいる豊満からは、その空気がまったく感じられなかった。根岸に紹介されなければ、忠信を演じていた役者がこの男だとは気づかなかっただろう。化粧を落とした直後で、眉毛がなかったとか、髪がぼさぼさだったからとか、そういう外見的な理由ゆえではない。

今は眉も描いていて、ジャケットに白シャツ、さらにタックの入ったパンツを穿《は》いた佐々木は、街を歩いていても役者だと気づかれないだろう。楽屋で会ったときの印象は、私服に着替えてもまったく変わらない。

ただ改めて見ると、顔の造作は整っているほうだ。さらにそれなりに均整の取れた体つきもしている。

「今年、年男でして」

何かの話の流れから、年齢の話になった。浅葱が尋《たず》ねると、テーブルを挟んで正面に座った豊満はあっさり答えた。

「ということは、三十六歳ですか」

もっと上かと思った。

「そうです。息子も一人います」

「ご結婚されていらっしゃるんですか?」

「数年前に別れてますけど」

「……すみません」

あっけらかんと言われて、浅葱は恐縮してしまう。

「息子さん、式《しき》くん、八歳なんですよ。初舞台を踏んだのが二年前でしたか？」

二人の会話を黙って聞いていた根岸が助け舟を出してくれる。

「その節はありがとうございました」

豊満が恐縮した様子を見せる。

「三年前に無事に私が名題《なだい》になったのを喜んだ父が、根岸社長にお願いしまして、二代目松太郎《まつたろう》の名前で初舞台に立つことができました。社長には、本当に感謝しております」

「こちらのほうこそ、松豊《まつとよ》さんにはもちろん、豊満さんに助けてもらっています。特に今回の彦三郎《ひこさぶろう》さんの代役という大役も、見事にこなしていただいて……」

名題という言葉に、虎之介と紫川に聞いた話を思い出す。松豊の芸養子でも、名題試験に受かっていなかったら、今回の代役も回らなかったのかもしれない。

「次の公演でも期待しています」

豊満に言ってから、根岸は浅葱にも顔を向けた。

「先生もお願いしますね」

不意に話を振られて浅葱は慌てた。

「次の公演って、先日伺った……」

「何を言ってるんですか、尾上《おのえ》先生」

根岸は眉を上げ浅葱にだけわかるように目配せしてきた。どうやら根岸は、先日の襲名の話をこの場でする気はないようだ。

「では、なんの……」

「彦三郎さんの復帰公演のポスターの件です」

心臓が大きく高鳴る。

先日、紫川もちらりと常磐の復帰の話はしていたが、具体的な時期や演目は教えてくれなかった。だから、本当に復帰が決まったのか否か、半信半疑だったのだ。

「三月の国立劇場《こくりつげきじょう》の公演で……」

いつなのかと浅葱が確認する前に、根岸が詳細を明かそうとしたそのタイミングで、テーブルに置いてあったスマートフォンが鳴動する。根岸は画面に表示されているだろう名前をちらりと確認して、その場から立ち上がる。

「すみません。ちょっと外します」

引き止める間もなく根岸が部屋を出て行ってしまうと、豊満と二人で部屋に残されてしまう。落ちてくる沈黙に、浅葱は咄嗟に会話を探そうとした。

「お酒、いかがですか?」

だがその前に、居心地の悪さを覚えていた浅葱に気づいたのか、豊満が酒の入った徳利《とっくり》を浅葱に差し向けてくる。

「すみません。お気遣いいただいてしまって」

浅葱は慌てて空っぽになっていたガラスのお猪口《ちょこ》を差し出しながら、根岸のしていた話を続けようとした。

「あの、次の公演ももう決まってるんですか?」

「ええ。今、社長が話されていた、彦三郎さんの三月復帰公演に、私も参加させていただくことになりました」

常磐の復帰公演で、常磐の代役を務めた豊満を出演させるというのか。

「さらにありがたいことに、何公演か、彦三郎さんと同じ役を演じさせていただけるそうです」

「……ダブルキャスト、ということですか?」

困惑する浅葱に、豊満は「いえいえ」と否定する。

「そこまで大々的なものじゃありません。全公演のうち、五回ぐらいですから」

「それでもすごいことじゃないですか」

「そう、でしょうか」

「だって、常磐彦三郎の復帰公演で主役を演じるということですよね？　それだけ豊満さんが認められたということだと……」

賞賛の言葉を口にしながらはっと我に返る。

常磐の復帰という特別な公演で、己の休演により代役を演じた豊満に主役を演じさせるという。五公演ならおそらく一か月にわたる公演のうち五分の一程度だろうが、その分のチケットが捌《さば》けるだろうと判断してのことだ。

さらに、今の段階で豊満に主役を張らせることに意味があるのだろう。来るべき松豊襲名のためにも。

今日の段階で、常磐はすでにこの情報を知っていたのか。知っていた上で今日の公演を観たのか。そうだとしたら、終演後の常磐の態度も納得できる。

己が演じるはずだった忠信を演じる豊満に向けられる拍手や賞賛——果たして常磐が演じて、同じだけの喝采《かっさい》は得られたか。

浅葱も抱いた疑問を、常磐が抱かなかったわけがない。常磐自身、あの役が自分よりも豊満にはまっているだろうことも、痛感しただろう。

そして不安も覚えているに違いない。たとえ五公演だろうとしても、豊満が演じた己の役で、自分以上の評判を得たら、と。

「演目はなんですか」

「それはまだ聞いていません。社長はそういうところ、口が固いというか意地が悪いというか」

間違いなく後者のほうだろう。

「私としては今は忠信に全力を注いでいるところですから、新たなお役のことを考える余裕はありません。ですから、正直助かっています。それに」

豊満は目を閉じて一呼吸置いた。そしてゆっくり瞼を開けた。

「どんなお役でも、彦三郎さんに負けるつもりはありませんから」

それまでとは異なる口調に、浅葱ははっと息を呑む。口調だけではない。自分を見る豊満の表情が、明らかに変化している。

眼力が強まり、笑みを湛《たた》えていたような唇の口角がくっと上がっていた。眉尻も上がり、挑戦的なぎらぎらという光を孕《はら》んだ視線が浅葱に突き刺さってくる。

誰だ、これは。

「彦三郎さん贔屓《びいき》の尾上先生としては、複雑ですか？」

明らかに棘《とげ》のある声音。

「仕事でのつき合いが長いだけで、別に贔屓というわけでは……」

「言い方が悪かったですかね。恋人の尾上先生、ですね」

「な、にを、言ってるんですか」

「話題を変えましょうか」

浅葱の問いに答えようとはしない。

「今日の私の芝居、先生、面白いと思ってくださったんですよね？」

正座していた足を崩し、身を前に乗り出した豊満は、自信たっぷりの表情を見せる。素直に認めるのが癪《しゃく》で、浅葱は必死に平静を装う。

「自意識過剰じゃありませんか？」

「そうですか？」

喉の奥でくっと笑う豊満は、平々凡々としていた様子を変化させ、妙に艶めいた気配を漂わせている。

「尾上先生は自分が興味を持つ人の写真しか撮らないと聞いています。それなのに、根岸社長の突然の仕事の依頼を聞いて、さらにそれに私が主役で出演すると聞いても、複雑な心境になりながらも、写真を撮りたくないという言葉は口にしていません」

確かに言われるとおりだ。

「だからと言って、貴方の演技を面白いと評価したわけじゃ……」

「じゃあ、面白くなかったですか？」

まさに揚げ足を取られた。

「どうでしたか」

黙ることしかできない浅葱に、追い討ちをかけるように答えを求めてくる。

先ほどまでの草食動物のような態度は消え失せ、常磐や紫川のような役者独特の空気も纏っている。

自意識過剰なのも、役者であればある意味当然というべきか。何より自分で自分の演技を認めなければ、人に訴える演技ができるわけもない。

ここは浅葱が折れざるを得ない。

「面白かったです」

「彦三郎さんよりも？」

その程度では豊満は納得しない。

先ほどもそうだった。常磐の名前を出した瞬間、明確に敵意が滲《にじ》み出る。敵意というよりも、ライバル心というべきか。

「彦三郎さんの演じる忠信は映像でしか観たことがないので比較はできません。ただ、豊満さんの演じる忠信として、面白いと思いました」

「へえ」

豊満は嘲《あざけ》るような反応を見せた。

「てっきり彦三郎さんの恋人だから、彦三郎さんの肩を持つものだと思っていたら……違うんですね」

「だから、俺は……」

「誤魔化《ごまか》しても無駄です。見たんですよ、私」

「見たって、何を」

背筋がひやりとする。

「私が代役した日。公演が終わったあとで行った、京都の病室で」

豊満はひとつひとつの単語を区切って、浅葱の表情を確認している。

でも、豊満は何を見たかまでは言っていない。浅葱は必死に平静を装おう。

「何を、ですか」

自分だけのことではない。浅葱の不用意な発言は、常磐にも影響を及ぼしてしまう。豊満はしばし浅葱の表情を眺めていたが、やがて喉の奥でくくと笑う。

「まあ、そういうことにしておきましょうか」

豊満は手酌で酒を水のように飲む。

「とにかく、私は尾上浅葱というカメラマンは、御曹司であることに胡坐《あぐら》をかいている彦三郎という役者のことを、諸手《もろて》で賞賛しているイエスマンだと思ってました」

「違います」

明らかに揶揄《やゆ》を孕《はら》む言葉を、浅葱は否定する。

「何が違うんです？」

「俺はイエスマンなんかじゃありません。それから、常磐は確かに御曹司ですが、その立場に胡坐なんてかいていません」

「そうですか？」

だが豊満は認めようとしない。

「たった一度の休演で、代役になった私に、復帰公演の主役を奪われてしまうというのに？」

「それは……」

「もし私が彦三郎さんのように名門の家に生まれ、子どもの頃から舞台に立っていたら、そして役者の父親や祖父がいたら、受験のためだと役者の仕事を休んだりしなかった。己の不摂生で怪我などしなかった。せっかくの役を、休演などしなかった。もっともっともっといい役者になっていた」

奥歯をぎりっと噛み締める音が聞こえてくるようだった。

豊満の想いがまったくわからなくもない。でも名門の家に生まれたことによるプレッシャーは、その立場にならなければわからないことだ。

確かにその立場に胡坐をかいていた時代がなかったわけではないだろう。そこから逃げようとしたこともあった。足掻《あが》き、もがき、苦しみながら、それでも常磐は歌舞伎の世界へ戻ることにした。

己に向けられる視線の厳しさをわかったうえで、役者の道を選んだのだ。そしてさらに、浅葱と一緒に生きることにしたのだ。そのために、必死になって練習をしているのだ。

それこそ、足を痛めたことを隠して無理をするほどに。

喉の奥まで言葉が出かかった。けれど、それを言う権利は浅葱にない。

常磐自身がその演技で示し、認めてもらわねばならないことだ。それこそ、長い時間をかけて。

言葉にできない想いを発散するかのように、浅葱は続けざまにぐっと酒を飲む。

「ねえ、尾上先生。私と賭けませんか」

空になったグラスに新たに酒を注ぎながら、豊満は切り出してきた。

「賭け？」

「私と彦三郎さんと同じ役を演じますよね、次の公演で。その際にどちらが面白いかを賭けましょう」

「何を賭けるんですか」

「ちょっと耳を貸してください」

豊満は腰を浮かし、テーブルを挟んで向かい側に座っている浅葱に手を振った。

「なんですか。二人しかいないのに、別に耳打ちなんて」

「いいから、お願いします」

仕方ないと酒の入ったグラスをテーブルに置いて腰を浮かし、体を前に乗り出した途端、テーブルについた右腕を掴まれる。

「豊満さ、ん……っ」

何をするつもりなのかと尋ねるよりも前に、腕は離されていた。

浮かしていた腰を座布団に戻した浅葱は、呆然《ぼうぜん》と豊満を見つめたまま、今己に起きたことを反《はん》芻《すう》する。

掴まれた腕を引っ張られた瞬間、豊満の顔が目の前にあった。あっと驚く間もなく浅葱の唇に豊満の唇が重なったのだ。

「私が勝ったら、私だけの写真を撮ってください」

両手で口を覆う浅葱に向かって豊満は言う。

「俺が貴方の写真を撮ることに、どんな意味があるんですか」

「さっきも言ったように、尾上先生は自分の認めた被写体しか撮らない。つまり先生は常盤彦三郎という役者を認めているということです」

「だから？」

「彦三郎さんを認めている先生に私だけ写真を撮ってもらって初めて、私は役者として彦三郎さんに並ぶんです」

「どういう意味ですか、それは」

浅葱が写真を撮ろうと撮るまいと、豊満という役者の価値が変わるとは思えない。そこで自分にこだわる意味が理解できない。

「いいんです、先生にわからなくとも、私にはわかっているんですから」

豊満はもう一度浅葱を真正面から見た。

「賭けましょう、尾上先生。彦三郎が貴方が思うような役者であるなら、賭けたところで問題はないでしょう。それとも、勝てるとは思えないんですか？」

「……わかりました」

浅葱はぐっと腹に力を入れる。

「賭けます。賭ければいいんでしょう賭ければ」

「何を？」

「豊満さんがおっしゃるように、常磐の演技が貴方に負けたと思えば、貴方の写真を撮ります」

「言質《げんち》取りましたよ」

勝ち誇った豊満の笑みに、相手の術中にはまったのだとようやく気づいたものの、今さらだった。

常盤が負けるわけがない。他の誰でもなく浅葱が一番信じている。信じねばならない。

でも、心が揺らぐ。もしかしたらと思う心を否定しきれない。

そんな気持ちを振り払って酒を飲む。

「常盤は負けません」

「どうだか」

注がれた分は絶対飲む。意地でも豊満に注がれた分は飲み干してやりたかった。目の前が揺れてきても、呂律《ろれつ》が回らなくなってきても、絶対に。

「すみません。随分長い間、席を外してしまって」

根岸が外していたのは、三十分ぐらいだっただろうか。その間に、浅葱はどれぐらい酒を飲んだのか。とりあえず根岸が戻ってきたのはわかったものの、頭が左右に揺れてしまっていた。

「豊満さん、尾上先生にどれだけの酒を飲ませたんですか？」

「さあ」

「酔っていませんよ、別に」

浅葱の返答に根岸が苦笑していた。

「豊満さんは、お一人で帰れますよね？」

「大丈夫ですが……尾上先生、送っていきましょうか？」

冗談じゃないと喉まで出かかった言葉を、浅葱はぐっと飲み込む。一瞬の変化に根岸は気づいたのか否か、目を細める。

「大丈夫です。先生の忠実なる僕《しもべ》に連絡しましたから」

「一人で帰れます、俺も」

立ち上がろうとしたが、膝に力が入らない。テーブルについた手が滑って、手近にあった徳利が倒れる。

「ほらほら、先生。しょうがないですね」

背後から抱えられて引っ張られる。

「大丈夫ですから」

摑まれる腕の温もりが嫌で、とっさに思いきり振り払う。

「僕《しもべ》って、誰ですか」

振り払った手の主である豊満が根岸に尋《たず》ねている。さっきまで、浅葱に見せていたのとは異なる穏やかな態度に、どちらが本当の姿かわからなくなる。

「豊満さんは心配しないで、お帰りください」

いつの間にか、店の個室からエントランスまで移動していたらしい。タクシーに乗り込む豊満を見送っていた根岸が、別の人と連れ立って戻ってくる。

「どうしてこんなに飲ませるんですか」

そして浅葱の前に立った男が、呆《あき》れたような声を上げる。よく知った声だ。甘くて優しくて心地よい低音。誰の前でも声色を変えたりしない、正直で甘えん坊で見栄っ張りな常磐のものだ。

いや、見栄っ張りは浅葱も同じだ。

会いたい気持ちが、今幻を見せている。

「僕が飲ませたわけじゃありません」

「じゃあ、誰ですか」

「今、彦三郎さんが、一番ライバル視しているだろう、どこかの誰か」

思わせぶりな根岸の言葉で、表情を険しくする。幻なのに、やけにリアルだ。

「誰のことかわかりませんね」

不機嫌そうな表情で言い放った常磐が、浅葱の前にやってくる。

「立てますか、先生」

「立てない」

馴染みのある香りまでもが再現されている。リアルすぎる幻の首に、浅葱は両手を回した。

「何を甘えてるんですか」

呆れたように言いながらも抱える腕は優しい。

「先生ってお酒、弱いんですか？」

「とんでもない。相当なウワバミです」

浅葱の体がふわりと浮いた。

「なら、これほど酔うってことは、飲まずにいられない何かがあったってことかもしれませんね」

意味ありげな根岸の言葉を否定しようと思うものの、体が思うように動かなかった。

「何か余計なことを言ったんですか？」

「復帰公演のポスターの件はお願いしましたよ」

「先生、引き受けたんですか？」

そうだ。その件があった。だが浅葱は正式に承諾していない。だが話は勝手に進んでいく。

「当然です。他でもない、常磐彦三郎の復帰公演ですから、断るわけがない」

「演目、聞いていませんが」

常磐の声に抑揚《よくよう》がなくなる。夢の中でも常磐は不機嫌らしい。

「『勧進帳《かんじんちょう》』です。歌舞伎十八番の」

「弁慶《べんけい》と富樫《とがし》を、交代で演じろと——いうわけですか」

低くなった常磐の声に憤《いきどお》りが込められる。

「言ったでしょう。交代じゃありません。全公演中、たかだか五公演です」

「たかだか、ですか」

自嘲《じちょう》する響きが浅葱の鼓膜を揺らす。

かつて浅葱も同じことを言った。「たかだか」三か月、と。慰めようと思った言葉は、かえって常磐の神経を逆撫でした。あのときにはわからなかった理由が、今、はっきりとわかる。

興行主側からすれば「たかだか」五公演かもしれない。でも常磐からすれば「五日も」だ。

「お客様たちは完全復帰を楽しみにしていることでしょう。期待しています」


そこからしばらくの間、浅葱の記憶は曖昧《あいまい》になっている。常磐に抱えられたまま車に移動して、どこかへ連れて行かれた気がするのだが、すでに夢なのか現実なのかすらわからなくなっていた。

そのうちに柔らかい場所へ横たえられる。どこなのかよくわからなかったが、馴染んだ匂いに包まれて安堵《あんど》感に満たされる。

「ここ、どこ?」

半分以上朦朧《もうろう》とした意識の中で、浅葱は尋ねる。

「心配しないで眠ってください」

枕元に座った常磐の手が浅葱の額の前髪をかき上げてくれる。似たようなシチュエーションに浅葱は覚えがあった。

常磐が入院する前の夜。常磐は酔っていなかったし、立場は逆だった。それでもあの日のことが蘇《よみがえ》ってくる。

「気分はどうですか。水、飲みますか」

「うん」

応じた浅葱の頰にペットボトルが押しつけられるものの、首を左右に振った。

「飲ませてくれ」

「何を甘えてるんですか」

「たまにはいいだろう。いつも君を甘やかしてやってるんだから」

「甘やかしているつもりなんですか？　どちらかといえば、怒られてばかりいるような気がしていたんですが」

言葉に笑みが混じっている。

「目一杯甘やかしているじゃないか」

「どこが？　距離を置こうって言ったの、貴方でしょう」

それでも浅葱の求めに応じて、口移しで水をくれる。そして唇を離した常磐は笑っている。常磐の足の故障以降、顔を合わせても言い合いばかりで完全にすれ違っていた。だから常磐が笑っているのが嬉しい。

浅葱は常磐の首にしがみつく。

「……愛してる、孝匡《たかまさ》」

そして耳元で囁く。

どうせ夢を見ているのだ。だからどれだけ恥ずかしいことを言っても構わないはずだ。いつもなら素面《しらふ》では言いにくいことを、こういうときぐらい正直に伝えたい。

「君のことが大切でたまらない」

「それならどうして、距離を置こうなんて言ったんですか」

常磐は浅葱の腕を振りほどき、恨みがましい口調で訴えてくる。こんな常磐は、出会った頃と変わらない。初めて一緒に飲んだとき、帰りのタクシーの中で泥酔した常磐の姿を思い出す。

初めて素の姿を見せてくれたのはあのときだ。でも二人の距離が、物理的にも、さらに感情的にも近づくことで、常磐はそんな姿を浅葱に見せなくなってきている。

周囲が常磐に求めている姿を、浅葱の前でも見せようとしている。己の本当を封じ、目一杯装う。常磐彦三郎という姿を。

浅葱の前では、弱味を見せてほしい。春日《かすが》孝臣でいてもらいたい。すべてを晒《さら》してほしいと思うのは、浅葱のわがままなんだろうか。

「君が嘘つきだから」

伝えたい気持ちはたくさんあるが、上手く言葉にできない。だからそれだけ訴えると、常磐は苦笑した。

「いつ僕が嘘を吐きましたか」

「足の故障をずっと隠していた」

「嘘を吐いていたわけじゃありません。ただ、黙っていただけです」

「同じだ。休演だと知ったとき、何があったのかわからなくて、心臓が止まるような心地になった」

「浅葱さん……」

「命にかかわるようなことでなかったと知って、本当に安心した」

思い出すだけで手が震えてくる。

「だから……足の故障だと知って安心した。君にしてみれば大変なことだと思っても、また演じられるならいいと思ったんだ」

たかが三か月。

常磐の立場からすれば「三か月も」でも、浅葱にしてみれば「たかが」だった。

これがまさに、ハリネズミのジレンマだ。常磐を思うがゆえの言葉で常磐を傷つけてしまう。

腹を割ってお互いの心を見せ合えば、誤解も生じないだろうに、そういうわけにはいかない。そばにいれば傷つけ合ってしまうなら、互いの気持ちを理解し合えるようになるまで距離を置くべきだと思った。

「あのときは、それ以外方法が思い浮かばなかった。でも……会えないでいると、会いたい気持ちが強くなった」

浅葱は目の前の男の背中を強く抱き締める。

「こんな風に……夢で会えただけでも幸せな気持ちになれるなら、距離を置くなんて言わなければよかった」

「僕もです。ずっと貴方に会いたかった」

浅葱の言葉に誘われるようにして優しい言葉とともに常磐の唇が近づいてくる。甘いキスに自然と笑みが零《こぼ》れてくる。柔らかい感触までもがリアルだ。

「孝臣……ん」

名前を繰り返し紡ぎながら、啄《ついば》むキスを繰り返す。

一回、二回。少しずつ触れ合う時間が長くなる。

「孝匡」

「なんですか」

「こんなに優しいキス、久しぶりだ」

浅葱の言葉で常磐は動きを止める。

「……浅葱さん」

優しく名前を呼ばれるのを聞きながら、浅葱の意識が深い眠りの中に溺《おぼ》れていく。

「俺は……君のことが……好き、だ」

心の底から大切に想っている。距離を置いたのもすべて、ともにこれからも生きていきたいと思ったからだ。

ここでぶつからなくてもきっと、この先でぶつかっていた。今回のことはきっと、二人のことを彦十郎《ひこじゅうろう》に話したのと同じで、二人が一緒に生きていく上で、必ず乗り越えねばならないハードルのひとつだったのだ。

逃げるつもりはない。一人だけで乗り越えるものだと思ってもいない。二人で真正面から取り組んで、考えるべきことなのだ。

傷つけ合っても、離れられない。もう別々に生きていけないなら——。

「眠ってしまいましたか」

遠くなる意識の中、常磐の声が聞こえてくる。たとえようがないほど優しく穏やかで柔らかな声色に、浅葱はより安堵できる。頬を撫でる掌《てのひら》の温もりに、自分から無意識に擦り寄ってしまう。

「僕も……貴方のことが大好きです。大好きな貴方に、僕を好きになったことを、後悔させたりしません――」

これ以上ないほどの告白に、浅葱は微笑みながら完全に眠りに落ちていった。

7

遠くで微《かす》かに馴染みのある音楽が聞こえていた。でもその音楽が何か、浅葱にはすぐには理解できない。とりあえずベッドに眠っているのはわかるが、瞼が重たくて目が開かない。それでも聴覚ははっきりしてきたらしい。

「三味線……？」

呟きながら起き上がろうとした途端《とたん》、鈍い頭痛が襲ってくる。頭痛だけではない。全身の倦怠《けんたい》感と遅れて襲ってくる若干の嘔吐《おうと》感に、起き上がりかけたもののそのままベッドに沈み込んだ。

「なんだ、これ……」

声を発するたびに、頭がガンガン痛む。紛れもない二日酔いだ。己の状況を自覚した途端、ここがどこかを考える。

全身を包むように心地よいスプリングのベッドに、肌触りのいい極上のシーツ。浅葱が普段眠っているベッドでなければ、常磐の部屋のものとも異なる。

必死に痛む頭を抱えながら部屋の周囲を見回すものの、天井も壁も窓も一切見覚えがなかった。

「どこだ、ここは」

起き上がった浅葱は、自分の格好に驚く。下着とシャツの下に着ていたTシャツのみ。他に着ていた服は、ハンガーにまとめて掛けられている。

「昨日は……確か……」

根岸に連れられて訪れた和食の店の記憶と同時に、豊満の顔が蘇ってくる。不意に豊満にされたキスを思い出して己の唇に手を伸ばした途端、そこに残っているのはよく知っている唇の感触だった。

それは言うまでもなく、常盤の唇だ。覚えているのは唇だけではない。自分を抱えた男の掌の感覚を体が記憶している。

当然のことながら、根岸ではない。豊満でもない。となれば、一人しかいない。

「夢じゃなかったのか」

言葉にした途端、改めて三味線の音が聞こえてくる。

こんな光景に覚えがあった。

常盤と初めて二人で銀座《ぎんざ》で食事をしたあと、酔った常盤を一人暮らしするマンションまで送ったことがある。

当時まだ常盤は彦三郎を襲名前で、浅葱の前で目一杯虚勢を張っていた。その常盤が酔っ払い、不安に思っている脆《もろ》い部分を浅葱の前で晒した。自分が彦三郎になってもいいのか。本当の自分を見ている人がいるのか――と。

僅《わず》かな時間に自分の前でどんどん変化する常磐の姿に、浅葱は強烈に惹《ひ》かれていった。そしてそんな姿を見た翌朝、早朝から舞踊の練習をする常磐の姿を見たのだ。

この状況は、あのときと似ている。でも今眠っている部屋は、今や浅葱にとって馴染みのある常磐の寝室ではない。

痛む頭を堪《こら》えシャツとパンツを穿《は》き部屋を出ると、廊下の先に階段が見えた。三味線の音は階下から聞こえてくるようだ。

できるだけ音を立てないよう階段を下りて音のするほうへと歩いていくと、どんどん三味線の音が大きくなるのに合わせ人の声が聞こえてきた。

「そこ」

低くしゃがれた声に、空気が震える。

「転調するまではたっぷりためを込めろと言ってる。能は序破急《じょはきゅう》だから最初はゆっくり、段々速くなると何度言ったらわかる?」

「申し訳ありません」

流れていた鼓と笛の音が止むと同時に、常磐が謝る声が聞こえてきた。おそらく、強い口調で常磐を叱咤《しった》しているのは彦十郎だ。

かつて張りのある独特の通る声を誇っていたが、療養中のせいか、かなり声が掠れている。でも力強さは感じられる。

「今のところ、延年《えんねん》の舞《まい》を転調するところまで、最初からやり直し」

「はい」

緊迫した空気が浅葱にも伝染する。微かに開いている扉の前にぎりぎりまで近づいて、隙間から中を覗く。

常磐のマンションの稽古場に使用しているリビングとはまるで異なる、広い板場の稽古場には、高さの違う大きな舞台があり、さらに反対側の壁一面には鏡が貼られていた。

最初、浅葱の目に飛び込んできたのは、その鏡に映った常磐の姿だった。

部屋に空調が入っているとはいえ、まだ春は遠いこの時期、浴衣《ゆかた》一枚では寒いだろうと思うものの、常磐の全身は汗でぐっしょり濡れている。

額から落ちる汗を拭うことなく、鏡の前に置かれた椅子に座った師匠である彦十郎の言葉を聞くと、舞台の上へ戻っていく。

裾から覗く右足にあるサポーターに気づいた浅葱は、一瞬ひやりとする。復帰するのだから、もう大丈夫なのだろうと思いながらも、自分の目で見るまでは安心できない。

額に下りた前髪をざっとかき上げてからひとつ大きな息を吐く。そして止めていた音楽を流し、再び舞を始める。

ここは、常磐の実家だ。千石《せんごく》のアシスタントを務めていた頃に、何度か訪れたことがある。その後改築をしたと聞いていたとおり、部屋の中の印象は変わっているものの、地下にあるこの稽古場にも顔を出したことがあったので覚えている。

白木を中心にした、板場の広い稽古場は天井が高く、声が響く。見事な音響だ。

彦十郎は、延年の舞と言っていたが、浅葱にはその演目が何かわからなかった。

だが、両手を大きく開き、肩幅よりも広く足を開き腰を落としていく。常磐家が得意とする荒《あら》事《ごと》のものだろうことは想像できる。ゆったりとした動きゆえに、かなり足に負担がくるだろうが、浅葱の位置から見る限り、常磐の右足に違和感はなかった。

同じところでまた「違う」と声がかかる。

「手の動きが速い。腰の下げ方も浅い」

焦《じ》れたのか彦十郎は立ち上がって、実際にその場面の型を示す。

かつて彦十郎は、全体的にがっしりとした体軀で堂々とした態度が印象的だったものの、病に倒れ入院していた頃は、痩せてしまったせいもあり、かなり小さくなり年老いてしまっていた。

だが久しぶりに見た彦十郎は、以前の姿にかなり戻っている。若干足を引きずっているのはきっと、後遺症のせいだろう。でも立ち姿はかつてと遜色ないぐらい堂々としている。

それこそ、常磐の立ち姿よりも堂々としているせいか勇壮に思える。

音楽はなく口でリズムを刻むだけだが、流れる手足を見ているだけで動きが想像できる。

「ここだ。ここ、しっかりためないと次の動きが悪くなる」

言われるままに常磐は父と同じような姿勢を取る。前に回った彦十郎は、手にしている扇子で、容赦なく常磐の腰や太腿の裏を叩く。

「ここ、ここ、ここ」

指摘を受ける場所を、瞬時に常磐は修正する。言われるように腕の動きを直し、首の角度を変えて、同じ舞をする。

ゆったりとした動きに見えても、全身の筋肉を使うのだろう。常磐だけでなく彦十郎の額からも玉のような汗が流れてくる。

まさに手とり足とり。首の角度に指先の動き、そして視線にまで細かく指示をする。それこそがまさに型であり、伝統なのだろう。

以前、重鎮《じゅうちん》の歌舞伎役者の何かのインタビューで読んだことがある。

「型があるから型破りなのだ」と。「型が入っていなければそれはただの型なしに過ぎない」のだそうだ。

型とはすべてのことに共通する、「基本」であり「基礎」だ。何をするにも基本や基礎を固めた上で、自分なりの解釈が入っていく。歌舞伎は特にその典型で、伝統として江戸時代から伝わってきている「型」がある。その型を覚えた上で役者たちの解釈が加わっていく。

虎之介から聞いた話だが、新しい役がついたとき、同じ役を演じる役者と一緒に、以前その役を演じた先輩に教えを乞いに行ったらしい。ところがいざ演じてみると、同じ人に教えてもらったはずなのに、まるで異なる役になったという。

常磐もそうだ。

幼い頃から、父親や祖父から直接様々な役を教えられているだろう。だがいざ実際演じた際の評価は、父親のものとは異なる。

年齢や経験の違いだけではなく、常磐彦三郎という人間の味や解釈が入って、新しい役ができ上がっていく。

でもそのためには、基礎を徹底的に叩き込まねばならない。僅かな視線の動きや腰の屈め方でも、その役というものが変わってしまいかねないのだろう。踊りの場合は台詞がない分、それがより著《いちじる》しいのかもしれない。

細かな仕種《しぐさ》のひとつひとつを何度も何度も確認し、同じ箇所を繰り返し稽古する。

常磐は普段決して浅葱が目にすることのない表情や視線で、父親の動きを追いかけている。

『俺が彦三郎に相応《ふさわ》しい人間ならば』

かつて浅葱に不安を漏らした常磐はもういない。彦三郎だろうと襲名前の名である宗七郎《そうしちろう》だろうと、浅葱にとって常磐は常磐でしかない。

人の目による評価はどうしてもついて回る。先代彦三郎、つまり父親彦十郎と比較する人も多い。だがそれから逃げていたら何も始まらない。一生ついて回るものから目を逸《そ》らすのではなく、挑んでいくことにしたのだ。

浅葱の伸ばした手を常磐が取ったとき、そして常磐が伸ばした手を浅葱が取ったときからもう、逃げ道は閉ざされたに等しい。

今は困難な道だろうとも、今努力をしなければ将来はない。だからこそ常磐は浅葱の前で醜態《しゅうたい》を晒したくないと言ったのかもしれない。覚悟を決めた以上、泣き言など言いたくないし、言うつもりもなかったのだろう。

足の故障もただ悔しいだけ。本当に自分さえ気をつけていれば防げたはずのものだから余計に、浅葱に言いたくなかったのだろう。

浅葱がその場に正座して見入っていると、やがて彦十郎が席に戻る。

「今のところ、弁慶の台詞からもう一度」

「はい」

彦十郎の前で頭を下げた常磐が、舞台側の中央に戻り、上手《かみて》を向いてしゃがんで右手を差し出した。

「先達《せんだつ》お酌に参って候《そうろう》」

勇壮に構えた姿勢を目にした瞬間、浅葱の記憶の中にある姿が浮かんでくる。

「先達《せんだつ》ひとさし御舞《おんま》い候《そうろう》へ」

彦十郎の返しのあと常磐はしゃがんだまま前に向き直る。

「万歳《ばんざい》ましませ　万歳ましませ」

腹の底から発せられる言葉が、その場の空気を揺らし浅葱の心を揺さぶってくる。

「巌《いわお》の上に　亀は棲《す》むなり　ありうどんどう」

そして繰り返し練習した延年の舞を踊るのは、武蔵坊《むさしぼう》弁慶。彦十郎が演じるのは、富樫。演目は歌舞伎十八番である『勧進帳』だ。

内容は知らなくとも、弁慶の黒い山伏《やまぶし》姿は知っている人も多い。そのぐらい有名な作品だ。

三味線のリズムが速くなり、浅葱もよく知るメロディーが流れてくる。

足捌《あしさば》きも速くなり、細かな動きが加わった。繰り返し彦十郎に注意されたせいか、動きが先ほどよりも滑らかになったように思える。

僅かな息遣いすら、邪魔になってしまうかと思えるような緊張感の漲《みなぎ》る稽古に見入っていた浅葱は、いつの間にか背後に人が立っていたことに気づかなかった。その人もまた、浅葱同様、無言のまま稽古に見入っていた。

「ありがとうございました」

舞い終えた常磐が彦十郎の前に急いで正座してようやく、浅葱は人の気配を感じる。驚いて振り向いても、その人は浅葱に視線を向けることなく、浴衣姿で正座し、膝を強く握り締め息を殺していた。

「豊満さん……」

「負けません」

声の主である豊満は、これまで見たことのない険しい表情で、何かを決意するように宣言する。

「絶対に──負けません」

そして座ったまま、稽古場に続く扉に手を掛けた。


「勧進帳は、元々、能の『安宅《あたか》』という作品がベースになっている。だから衣装も、能の『安宅』のものに似ている」

忙しなくスタッフが準備に走り回るスタジオの外れに位置する喫煙所で、長田《おさだ》は実に自慢気に語り始める。

「ああ、だからか延年の舞のところで、能の舞をするのか」

「そうそう。知ってるじゃないですか、先生」

揶揄《やゆ》するような口調に、浅葱はカチンときつつ、先の説明を促す。

浅葱が常磐の実家に泊まった日の夜、浅葱のところに長田から連絡が入った。

三月に国立劇場で行われる常磐の復帰公演のポスターの撮影日に合わせ、長田の担当する女性誌のほうで特集記事を組むことになったという。主要役者三名の対談をするが、日程はいくつかの候補日から浅葱の都合に合わせるということだった。

そこで決まった撮影日である今日、浅葱は午前中にひとつの仕事を終えて、指定されたスタジオへ向かった。

撮影日までには、浅葱の事務所に公演に関する資料が届いていたが、中に演目の説明があった。『勧進帳』と『壇ノ浦兜軍記《だんのうらかぶとぐんき》』さらに歌舞伎舞踊である『高杯《たかつき》』の三本立になるとのこと。

『高杯』は昭和初期にタップダンスの要素を取り入れた新作舞踊だ。背景に用いられるのは桜。華やかで明るい舞踊作品で復帰公演に実に相応しい演目とのことだが、常磐の足のことを考えると若干浅葱は不安になってしまう。きっと過保護だと言われるだろうが、心配になるのだから仕方がない。

「『壇ノ浦兜軍記』については、紫川さんの彦三郎へのご祝儀演目ってところだろうね」

長田はいっぱしの歌舞伎評論家の如く分析する。

通称「阿古屋《あこや》の琴責《ことぜ》め」は、平家滅亡後、逃げた平家の武将である悪七兵衛景清《あくしちびょうえかげきよ》の行方を、恋人である遊女阿古屋に問い詰め。しかし答えない阿古屋に、琴、三味線、胡弓《こきゅう》を弾かせるという作品だ。阿古屋役は、舞台上でそれらの楽器を演奏せねばならず、現在上演可能な役者は、僅かに二人。一人はすでに年配となった女形《おんながた》で、もう一人が紫川だ。

元々、紫川の亡き父である常磐花菖蒲《あやめ》が得意とした演目で、紫川はいつか阿古屋を演じることを目標にしてきた。去年、満を持《じ》して本公演での上演を果たし、絶賛された。

長田が「ご祝儀」と言ったのはそのためだ。常磐の復帰公演の上に、紫川の阿古屋が観られるとなれば、チケット完売は必至だ。

そして『勧進帳』。

ある程度の筋も知っているし他の役者が演じていた映像は観たことはあるが、長田の講釈や評価を聞いてみたかった。

つき合いもそこそこ長くなってきて、浅葱のこともよく知る長田の説明は、若干くどさが鬱陶《うっとう》しいこともあるものの、痒いところに手が届く。

「源義経《みなもとよしつね》が奥州《おうしゅう》に逃れる際、兄、頼朝《よりとも》に追われた義経と武蔵坊弁慶一行は山伏に扮装していた。途中、加賀《かが》の安宅という関で、義経一行を張っている関守、富樫に見破られてしまうわけだ」

ちなみに、武蔵坊弁慶を常磐、富樫が豊満。義経を紫川が演じるが、五公演に限って、常磐と豊満の役が入れ替わる。

「義経の役は慣例で女形の役者さんが演じるんだが、ほとんどの場面で大きな笠をかぶっているものの、位の高い人物であることがわからねばならない難しい役所なんだそうだ。もちろん他の二役も、それぞれが難役で、でも役者となったからには一度は演じたいと思う役だと言われている」

そんな役を、復帰公演に当て、常磐や紫川はもちろん、豊満も演じるのだ。竹林《たけばやし》側のこの三人に対する期待の大きさを証明している。

「弁慶は主人である義経を守るため、何も書かれていない勧進帳を、さもそうであるかのように読んで、その場を切り抜けようとした」

勧進帳とは寺建立《こんりゅう》の寄付を募る文言《もんごん》が書かれているものだ。この『勧進帳』では、焼失した東大寺《とうだいじ》再建のためという話になっていた。

「上手くいきかけたものの、荷物持ちが仕事の強力《ごうりき》が義経に似ているということで、再び窮地に陥《おちい》る。捕まる寸前、弁慶はなんとか義経を逃すために、持っていた杖でよりにもよって主人である義経を叩くんだ」

「そういう流れなのか」

弁慶が義経を叩く場面の意味がやっとわかった。

「本来であれば、主人を叩くことなど許されるものではない。でも義経を守りたい一心で暴挙に出た弁慶の気持ちに、さすがの富樫も心を動かされて、一行を通すことにした。頼朝にばれたら、それこそ自分の命が危ないのに」

その後、関を越えてから、主人を叩いた弁慶は泣いて詫び、義経はそれを許す。ここで終わりかと思えば、富樫が追いかけてくる。捕えに来たのかと思うが、富樫は疑ったことを詫びるために、酒を持ってきた。

「弁慶は富樫が何もかもわかっていて自分たちを逃がしてくれたと理解した。富樫の酒を飲み求められるままに弁慶が舞を舞っている間に、他の者を先に逃がす」

「延年の舞?」

「よく知ってるじゃないですか」

浅葱の脳裏に、稽古する常磐の姿が蘇ってくる。滝のような汗を流しながらも真剣な表情を見せていた表情に、胸が締めつけられる。

「そして最後に一人残った弁慶は、富樫に礼をして、一行を追いかける。ここで有名な、飛び六《ろっ》方《ぽう》が見られる。先生も一度は見たことあるでしょ?」

六方とは、大きく手を振って力強く足を踏みながら歩く荒事の所作をいう。『勧進帳』では特に「飛び六方」と言われている。

「勇壮な弁慶の引っ込みは、『勧進帳』の見所のひとつだ」

説明を聞いているだけでも、『勧進帳』が華やかな作品だということがわかる。同時に不安になる。

「これを復帰公演にするのは、さすがに彦三郎には重荷じゃないかって気がするなあ」

長田の歯に衣着《きぬ》せぬ感想に、浅葱は「どうして」と尋ねる。

「足が無事に完治してるかっていう心配がある。『高杯』は特に、足を使う踊りだしな。『勧進帳』に影響が出ないかという不安もある」

それからと、長田は続ける。

「あくまで噂なんだけどな」

長田は短くなった煙草を灰皿に捨てて新しい煙草を探すべくジャケットのポケットを探る。そしてシワシワになった最後の一本に、浅葱は長田のライターを使って火を点《つ》けてやる。

「どうも――当初『勧進帳』は、復帰公演とは関係なく彦十郎と彦三郎の親子共演で上演するつもりだったらしい」

長田の言葉ではっと息を呑む。

確かにあの日常磐の実家で見た稽古は、復帰公演が決まったから急遽《きゅうきょ》練習していたというより、これまでに何度も繰り返されていたもののように思えた。

「弁慶を彦十郎、富樫を彦三郎。ただそのうちの何公演かを、逆の配役にする予定だった、と」

しかし彦十郎は病気療養中で、復帰にはまだ時間がかかる。さらに彦三郎まで足を故障した。彦三郎はぎりぎり公演には間に合うものの、当初予定していた配役は叶わない。だから竹林は今回の演目を復帰公演と銘うって上演することにした。

公演形式はほぼ同じで、ただ一人の配役を変えて――。

「尾上先生。用意が整ったそうです」

スタジオで準備していたスタッフに呼ばれる。

浅葱は長田の口にあった煙草を奪い、灰皿に先端を押しつけて火を消した。

「すぐ行く」

「仕事だよ、編集長」

「はいはい」

浅葱が戻って準備しておいたいくつかのカメラのチェックをしていると、スタジオがざわつく。

理由はすぐにわかる。素顔に勧進帳の装束を纏った役者が姿を現していた。

弁慶役の常磐は黒地の「梵字《ぼんじ》散らし」の水衣《みずごろも》に、菊綴じのついた結袈裟《ゆいげさ》に「翁格子《おきなごうし》」の着物、形が崩れにくく加工した、「大口《おおくち》」とよばれる、莫蓙《ござ》が入れられた袴《はかま》、さらに頭には大日如来《だいにちにょらい》の宝冠を表す「頭襟《ときん》」をつけている。

顔に隈取りはしていなくても、常磐の意志の強そうな整った顔立ちからは雄々しく勇壮さが感じられる。

富樫役の豊満は目の覚めるような薄い蒼色の水衣姿だ。

「知ってますか先生。富樫の水衣の色の名前、浅葱《あさぎ》って言うんですよ」

長田がそっと耳打ちしてくる。

「へえ……」

さらに富樫は烏帽子《えぼし》をかぶっている。

最後に現れた義経役の紫川は、強力に身をやつしているため、衣装は質素ながら、下ろした長い髪とぴんと伸ばした背筋から、高い品位が感じられる。普段演じている女形とは異なる芯の強い義経の男としての美しさも滲み出ていた。

「最初は三人一緒の写真を撮ります」

まさに三者三様。舞台の背景に描かれる松を意識して、実際の松をバックに置いた前で、義経を前に屈ませ、背後に弁慶と富樫を配した。

ただ立っているだけで絵になる。常磐と紫川は言うまでもなく、豊満はやはり役に入るとまったく表情が変わるらしい。印象の薄い顔が、役にはまった段階で、まったくの別人になるらしい。

浅葱が本来得意にするのは、人物を植物と合わせた加工写真だ。人間が人間でなく妖しさを放つ、植物のような独特な空気感を放つ画面には熱狂的ファンも多い。しかしこういったポスターの写真は、ほとんど手を入れることはない。

それでも尾上浅葱の写真は尾上浅葱のものだとわかる。役者の眼の力や息遣いが聞こえてくると言われている。

カメラのファインダーを通すことで、さらにそれぞれの表情がはっきりとしてくる。

「紫川さん、視線は正面に。彦三郎さんは左側、豊満さんは右側にお願いします」

一瞬、常磐と豊満は顔を見合わせることになるが、見事なほどに視線が絡まない。

「それぞれ、ポーズ取ってください。見得《みえ》を切ってくださるんでもいい。動いても構いません」

浅葱の指示に従いつつも同じだ。

最初に気づいたときは、気のせいかと思った。だが何度か同じような場面があっても、結果は同じだった。絶対に、合わない。一方が意識していてもこうならない。互いに意識している結果、絶対に互いを見ない。

ある意味、役柄としては正しいこの状況は、あの日、常磐の稽古場でも同じだった。

常磐の稽古終わりと入れ替わりに彦十郎の下を訪れた豊満は、浅葱のことはまったく無視して稽古場へと入った。そして彦十郎に挨拶し、そこから出ていく常磐には頭を下げながら、目は合わせなかった。

ちなみに浅葱の存在を無視していたのは、常磐も変わらない。

稽古を終えて扉の前にいた浅葱に視線を向けつつ、声をかけることなく階段を上がって風呂場へ向かってしまったのである。

浅葱もそうだが、完全に仕事に没頭しているときは、他のことが頭に入ってこない。それは恋人だろうと家族だろうと関係ない。

だからあの日も、浅葱は寝室に戻って荷物を手にすると、挨拶なしに常磐の家をあとにした。その後で一本、面倒をかけたお詫びと礼のメールは送った。

正直、前夜何を話したか覚えていない。もし夢の中の会話を実際にしたのであれば、穴があったら入りたいぐらいの気持ちだった。

でも、あれも自分だ。アルコールの勢いに任せていたことは否定しないが、心の底にある姿に違いはない。

常磐のどんな姿も見たいと言っている以上、自分もどんな姿も見せるべきなんだろう。だから言い訳したい気持ちを封じ込めて、あえて何も触れなかった。

距離を置かなければよかったと思ったのは事実で、それを伝えた。でも決して無駄な時間ではなかったとも思う。

浅葱は浅葱で、常磐を想う己の気持ちを見つめ直すことができた。常磐も同じだろう。少なくともこの前の稽古の姿を見ていれば伝わってくるものがある。

伸し掛かってくるプレッシャーに押しつぶされそうになりながら、決して逃げようとはしない。自分からプレッシャーに挑むだけの強さを身につけた。逃げても何も始まらないことを知ったからだ。

ファインダーを通して役者である常磐の表情を見つめながら、浅葱は心の中で実感していた。

8

何度目かの休憩のとき、浅葱はスタジオの裏側の非常階段に出る。春は近づいているもののまだ頬を撫でる風は冷たい。上着がなかったことに気づいたが、スタジオに戻るのは面倒だった。

「……まだ半分かー」

夕陽に赤く染まる西の空を眺め、浅葱は小さく溜息をつく。

さすがに歌舞伎役者相手の仕事だけあって、撮影自体は順調に進んでいた。しかし扮装が扮装であることや、五公演分とはいえ配役を入れ替えた写真も必要とするため、時間はかかる。

さらにポスター撮影と同時に公演の際のパンフレットや雑誌のグラビアも撮るため、ただでさえ点数が多くなる上に、そのあとで歌舞伎の衣装を取っての撮影もあるというので、余計に時間が取られるのだ。

撮影している間は入り込んでいるので意識しないが、休憩に入った途端にどっと疲れが襲ってくる。

もっと長時間拘束される撮影は多い。だが今回の仕事は集中力を試される。常磐との仕事は、特に一枚一枚が真剣勝負になる。他の撮影のように、「被写体のいい顔」を撮るのではなく、撮影する側である浅葱の心も見透かされ試されるのだ。

たとえるなら、「いい顔を撮れるもんなら撮ってみろ」と挑まれているような感じだ。

撮ったつもりでも、内心で舌を出される。

「それが俺の本当の顔だと思ってるなら、まだまだだな」

悔しくてさらに挑む。どうすれば本当の顔を撮れるのか。どうすれば、誰も知らない顔を盗めるのか。

そのためには、本気で挑まねばならない。真剣に取り組まねばならない。普段以上に、それこそ仕事と割りきるのではなく、魂《たましい》ごとぶつからなければ入り込めない場所がある。

最初の常磐の写真集は、そんな二人の戦いの結果生まれたものだ。歌舞伎役者の写真集としてだけではなく、一般的な写真集としても記録的に売り上げを伸ばしたのは、そんな二人の本気のぶつかり合いがあったからだろう。

もちろん、いつも同じ撮り方はしない。常磐の写真でも、女性誌のグラビアなどの場合には、同じように「あくまで魅力的に思える」表情を探る。

そして今回は更に従来とはまた少し異なる。戦っているのは、対浅葱ではない。常磐と豊満。二人の間に見えない火花が散っている。一緒の画面に収まる場合ならともかく、それぞれの写真を撮っているときでも、相手の姿が感じられるぐらいだ。

そんな、自分以外への対抗心までそれぞれからぶつけられるがために、精神的に疲労する。とはいえ、疲れるのと同じぐらい、面白いのも事実だった。

「寒っ」

吹いてくる風に竦《すく》み上がる浅葱の頬に、背後から温かいものが押し当てられる。

「……っ」

「お疲れ様です」

歌舞伎の扮装を脱いでグレーのスーツ姿に着替えた豊満が、手にした缶コーヒーを浅葱に差し出していた。豊満の表情はカメラを通して見ていたときと同じで、浅葱を見る目からギラギラしたものを感じる。

「……豊満さんこそ、お疲れ様です」

躊躇《ためら》いつつもコーヒーを受け取った浅葱の隣に、豊満は立った。

「撮影、楽しいです」

浅葱はコーヒーを飲みながら隣に立った豊満の横顔を眺める。

「先生に撮られたいと思う人が多い理由がわかりました。撮影だとわかっているのに、見つめられているだけで背筋がぞくぞくするような感覚を覚えました」

高揚《こうよう》しているのだろう。頬がほんのり赤くなっていて息遣いが若干荒い。

「ますます、先生に私の写真を撮ってもらいたいという気持ちが強くなりました」

根岸と飲んだときのことが浅葱の脳裏に蘇ったのと同時に、豊満は浅葱の腕を摑んできた。

「……熱っ」

手にあった缶から零れるコーヒーから逃れようとしたその体を、豊満に自分のほうへ引き寄せられた。あっと思った浅葱の顔のすぐ前に、豊満の顔があった。目を閉じ近づく唇に気づき、浅葱は渾身《こんしん》の力で胸を押し返していた。

豊満は軽く咳き込みながら顔を上げると笑った。

「賭けのこと、お忘れではありませんよね？」

浅葱は小さく息を呑む。

「この間のときは、彦三郎さんへの対抗心で先生のことが欲しいと思ってたんです」

正直な言葉に浅葱は一瞬息を呑んで、それから苦笑を漏らす。

「随分はっきり言いますね」

「そりゃ、あんな風に撮影をされたら、上辺だけで繕ったところで、本音を知られてしまうというのがわかりましたから」

苦笑を漏らしながらの豊満の言葉を、浅葱は黙ったまま聞いていた。

少なくとも、撮影する上での浅葱のスタンスは、豊満にも伝わっていたのだろう。

「でも今は違う。先生に、被写体として相応しい人間だと思ってもらいたい。そして彦三郎さんよりいい役者になれば、先生の中で彦三郎さんよりも重要な存在になる。彦三郎さんを負かして、先生も手に入れる」

「何をばかな……」

摑まれたままの手を再び豊満に引き寄せられそうになったとき、背後から前に回ってきた手に、浅葱の体は反対側に引っ張られる。

「冗談にしても、性質《タチ》が悪いですね、豊満さん」

「性格が悪いと言われたことはあるけれど、性質が悪いと言われたのは初めてです」

後頭部が当たったのは、常磐の筋肉質な胸板だった。そして馴染みのある香りが浅葱を包む。

一方の手は浅葱の首元に回り、もう一方の手で浅葱の腕を摑む豊満の手を振り払った。

豊満はこの展開を予想していたのか、特別驚いた様子は見せない。

「十分性質が悪いでしょう」

常磐は穏やかな微笑を浮かべる。

「僕が足の故障で休演した際、代役を見事に務めてくださったことには、心から感謝しています。そして以前から貴方が僕をライバル視しているのは知っていますし、嫌っているのも心得ています。理由はどうであれ、別にどうでもいいと思っています。僕にもライバルはいるし、好きになれない人もいる。貴方にとってそれが僕だっただけのことです。でもだからといって僕は私情を仕事に挟んだりはしません」

淡々とした口調で常磐は豊満に話す。

「板の上では同じ芝居を作り上げる同志です。貴方がどんな人間であれ、いい芝居を一緒に作り上げてくだされば、構いません。ですが――」

ぐっと常磐は浅葱の体を自分のほうにより引き寄せる。

「僕への私情を、僕の大切な人に向けるのはやめてください」

常磐の言葉で鼓動が高鳴る。こんな風に誰かに浅葱のことを常磐が宣言したのは、彦十郎に対して以来だった。

浅葱は内心とても驚いたものの、懸命に表情を変えないように、体の前に回った常磐の腕にそっと自分の手を添える。自分にとっても常磐は、大切な人だと意思表示するために。

「貴方が何を尾上先生に言ったかは知りませんし聞きません。ですが何がどういうことでも、僕の気持ちは絶対に変わりません。芝居に正直勝ち負けなんてないと思っています。ですが、貴方が私にどうしても勝つというのなら、僕は僕のやり方で、貴方に僕の力を示すだけです。正々堂々、板の上で闘います」

「いいのかな、そんなことを言っても。貴方たちの関係を私の口から外に漏らされるという危険は考えないんですか？　それを餌に、取引することだって可能なのに」

「僕の知る佐々木豊満という人は、そんな卑怯《ひきょう》なことをする人ではありません」

常磐は完璧なまでに相手の揚げ足を取っていながら、相手を立てる。

「大体、今この状態で僕に何かあって困るのは、僕だけじゃない。貴方も、そして歌舞伎業界全体が大きなダメージを受ける。そんなこと、歌舞伎を誰より愛している貴方は、望まないでしょう？」

豊満は一瞬だけ眉を上げたものの、やがて不敵な笑みを浮かべる。

「当然です。正々堂々と演じて、私を認めさせます。彦三郎さんと、それから」

視線を浅葱に向けて。

「貴方に」

残っていた缶コーヒーを飲み干して、豊満は先にスタジオへ戻っていく。

バタンと大きな音を立ててしまる鉄扉の音を、浅葱は常磐とともに聞いていた。そして。

「貴方は何を勝手に変な賭けをしているんですか」

「好きでしたわけじゃない」

「賭け自体したことは否定しないんですか」

浅葱がぐっと息を呑むと、肩に顎を置いた常磐はやけに楽しそうだ。

「君が負けるわけがないから」

「大した信頼だ」

さらに嬉しそうに笑う。

「内容を聞いても聞かなくていいのか？」

「聞いても聞かなくても同じです。要は俺が勝てばいいわけですから」

背後から浅葱を抱き締める腕に力を入れてきた。

「常磐。足の状態はどうなんだ？」

「リハビリをしっかりやったので、ほぼ完治しています」

「ほぼ？　それで大丈夫なのか？」

「当然です」

強気に答えたあとで「でも」と続く。

「偉そうなことを言ってるくせに、実は不安なんだと言ったら、笑いますか、先生」

声がくぐもって聞こえるのは、肩口に頭を押しつけているせい——ということにしておく。

「大笑いしてやろうか」

浅葱が冗談交じりに言うと、背中で常磐の体が揺れた。

「擽《くすぐ》ったい。首に息を吹きかけるな」

文句を言いつつ、浅葱はしっかり体の前にある常磐の手を握った。そしてその手を優しく撫でる。さっきまで寒かった体が、内側からホカホカしてきている。

「先生が意地悪を言うから」

「何を甘えてるんだか」

浅葱は笑いながら肩にある常磐の頭にそっと手を伸ばす。優しく撫でるその手から、常磐は逃げない。常磐の温もりをこうして実感するのは久しぶりだった。

「こういう姿も晒せって言ったの、先生だ」

少し拗《す》ねたような口調になる。

「そうだな。確かに言った。でも」

浅葱は笑いながら、常磐の鼻を摘《つま》んだ。

「こんなところで晒すのはルール違反だ」

「しょうがないじゃないですか。どこかの誰かが距離を置きたいなんて言うから、一緒にいられる時間がほとんどないんだから」

「……そうだった」

自分から言い出した話に、自分自身が囚《とら》われている。

「いつまで僕らは離れていればいいんですか」

答えられない浅葱に、常磐が提案する。

「じゃあ、こうしましょう。貴方が豊満さんとした賭けが貴方の勝ちに終わったとき」

「万が一、失敗したらどうする」

顔だけ振り向いて訴えた浅葱の唇に、常磐の唇がそっと重なってくる。お互いに目を閉じることなく、間近に迫った顔を見つめていたせいで、ものすごく至近距離で目を見た。弱音を吐きながら、浅葱を見る常磐の目の奥には力強い炎のようなものが燃えている。

そして唇が離れていくと、どちらからともなく笑いが零れ落ちてくる。

「誰もが信じていなくても、貴方ぐらいは信じてください。僕が負けないって」

「――信じてる。常磐は負けない」

この言葉を口にした瞬間、強烈な既視感《きしかん》に襲われる。いつかはっきり覚えていない。でも間違いなく自分はこの台詞を口にしている。

常磐は負けない――。


常磐の復帰公演の告知から実際の発売日まであまり日にちがなかったにもかかわらず、チケットは発売と同時にほぼ完売となった。

浅葱のところにも、初日のチケットが常磐から届いている。そして五日後の、役代わり公演の初日のチケットも同封されていた。

役代わり公演は常磐にとって、どういう意味を持つだろうか。そして足のほうの具合はどうか。リハビリを頑張っていると聞いたものの、稽古で再び足に負担はかからないか。

考え出したら不安ばかりが募ってくる。だがそんな浅葱の鼓膜を、記憶にある常磐の声が揺らしてくる。

『誰もが信じていなくても、貴方ぐらいは信じてください。僕が負けないって』

豊満との話ではない。何より「己自身」に負けるわけがない。

浅葱は改めて自分に言い聞かせて、久しぶりにきっちりスーツを身につけて、開演の四時の三十分前に国立劇場へ到着した。

話題の公演なだけあって、マスコミも多く駆けつけている。関係者受付で挨拶をすると、すでに彦十郎は到着しているようだった。さらに澤松京之助に、豊満の義父、佐々木松豊など名だたる役者が顔を揃えていた。

「尾上センセ、こっちっす」

劇場に入った浅葱に気づいたのは虎之介だった。派手なスーツを着ているせいで、黙っていても周囲にばれるのだが、さらに大声を出すものだから、あっという間に人の注目を浴びてしまう。

が、当人はまったく人の目が気にならないらしく、常磐が映画や現代劇で共演した役者や演出家などが来ていることを浅葱に教えてくれる。

「マジですごい観客だ。もちろん、紫川さんの阿古屋のことも、豊満さんとの共演も話題にはなっているだろうが、それ以上に彦三郎の復帰が待たれていたっていうことなんだろうな」

その場にいた長田は感慨深そうだ。

公演の前に発売された雑誌は売れに売れたらしい。浅葱にはかなり腹黒い性格を露呈《ろてい》している豊満も、文字の上では実に優等生な発言を口にしていた。

一般女性誌で取り上げられたことで歌舞伎に詳しくない層にも名前が知れ渡り、より今回の公演の注目度が高まった。

特に、御曹司とは明らかに異なる経歴が、話題を呼んでいるらしい。

ここまでは、本筋とは異なる部分での話題だ。初日を迎えてから話題になるか否かは、作品自体の出来次第だ。

上演の順番は、紫川が阿古屋を演じる『壇ノ浦兜軍記』、『高杯』、そして『勧進帳』。二度の公演があるのは土曜日と水曜日のみで、後は一日一公演が基本となっている。

それがほぼ一か月続く。

舞台の上手《かみて》側通路そばの席に着いてからも、長田と虎之介は、芸能人の誰が来ていると盛り上がっていたが、浅葱は最初から一人、無茶苦茶緊張していた。

『壇ノ浦兜軍記』『高杯』が大歓声の中で終わり、長い休憩を挟んで『勧進帳』の順番となる。

軽く食事をしてから席に座ったものの、堪えられずに立ち上がると、虎之介がすぐに気づく。

「どこ行くんすか、センセ」

「トイレだよ」

「緊張してんすか?」

驚く虎之介に返事はせず、小走りに観客席フロアからロビーに出てトイレへ急ぐ。女性用は列を成しているが、男性用はすぐに中へ入れる。

そして用を済ませて手を洗っていると、鏡に入ってきた人が映し出される。

「おや、尾上先生」

なんというタイミングなのか。浅葱は内心、「げ」と漏らしながらも、笑顔を繕って根岸を振り返る。

「初日おめでとうございます」

「ありがとうございます――『高杯』も阿古屋も見事でしたね」

「本当に」

相槌《あいづち》を打ってみるものの、『高杯』はとにかく常磐の足が心配で、ろくろく覚えていない。

「先生、この前は返事を聞きそびれましたが、先日の話、お忘れではありませんよね？」

心を窺《うかが》うような根岸の問いに浅葱ははっと息を呑む。

「もちろんです」

「よかったです」

強気に応じると、根岸は満足気な微笑を浮かべる。

「では、終演後、楽屋でお待ちしております」


『勧進帳』の内容は、長田に教えてもらったとおりで、歌舞伎の代表的な作品といえる。元々武士の文化だった能を歌舞伎作品とした、松羽目物《まつばめもの》の走りといえる。

定式幕《じょうしきまく》が下手から上手に引かれ、背景に大きな松の絵が描かれた舞台の正面のひな壇に、長唄お囃子《はやし》連中が並ぶ。

そこに下手から早々に、豊満扮する富樫左衛門《とがしのさえもん》だ。

顔は白塗り、黒の烏帽子に浅葱と同じ名前の、浅葱色の水衣姿だ。

凛とした姿で舞台中央まで現れると、観客席にもぴんとした緊張感が張り詰めた中で、富樫は名乗りを上げる。

「斯様《かよう》に候《そうろう》ものは　加賀国《かがのくに》の住人　富樫左衛門にて候」

よく通る第一声が、劇場内に響き渡る。瞬時にして、この場が安宅の関であること、そして富樫が源頼朝に追われた義経一行を待っていることがわかる。

壇上でのやり取りののち、「一声《いっせい》」と呼ばれる笛の合図で場面が切り替わり、中央にいた富樫が舞台上手に移動する。

浅葱は膝の上に置いた拳を握り締める。

普段は薄い印象を他人に与える豊満は、舞台に立った瞬間、その魅力を存分に発する。強い個性がない分、どんな顔にでもなれるということかもしれない。

長唄連中が謡い始める場面でも、視線は富樫に向いてしまう。

「時しも頃は如月《きさらぎ》の　如月の十日の夜　月の都を立ち出《い》でて」

この後、三味線とお囃子のみの器楽曲「寄《よ》せの合《あ》い方《かた》」が入る。名曲と呼ばれるこの曲ののち、花道から紫川扮する義経が現れる。

ポスター撮影でも目にした、白塗りの質素な姿だ。

女形の格好ではないが、内側から滲み出る美しさは隠しきれるものではない。艶やかで儚《はかな》げでありながら、芯の強い気品が、直立しているだけでも漂ってくる。

義経の周囲に四天王《してんのう》が登場してやっと、常磐扮する武蔵坊弁慶が登場する。

花道から登場する弁慶も、ポスター撮影のときと同じ山伏の扮装で、凜々しさと勇壮さが伝わってくる。

端整な横顔ながら、色男を演じるときの雰囲気とは異なる。

「如何《いか》に　弁慶」

主人である義経を前に「ハア」と応じながら恭《うやうや》しく跪《ひざまず》くまでの姿に、浅葱は息を呑んだ。

物語が進んでいっても、弁慶は抑えた演技が続く。血気盛んな四天王を長台詞で説得する。

一声《いちこえ》、二顔《にかお》、三姿《さんすがた》と言われる、歌舞伎で必要とされる三要素のうちの「声」。常磐は特にこの声が秀逸だと浅葱は思っている。

声そのものはもちろん、口調や言い回し、響きに至るまで、常磐の声は浅葱の耳にすっと入ってくる。

それこそ、義経に対する「ハア」という息遣いだけでも、耳の奥に残る。四天王に説明している場面でも、この言い回しであれば、弁慶の人間力が伝わり、納得させられているだろうと思わされる。

やがて一行が関所へ向かい、とうとう富樫と対峙《たいじ》する。

義経一行を見抜いている富樫と、何がなんでも主人を通さねばならない弁慶とのやり取りに、観客たちは興奮する。

そして、最初の見せ場となる巻物を開き朗々《ろうろう》と読み上げていく弁慶の姿からは、毅然《きぜん》とした態度と切羽詰《せっぱつま》った覚悟のようなものが感じられる。

「天も響けと読み上げたり」

さらに富樫から、山伏問答が延々と続き、問答は白熱していく。

「掛けたる袈裟《けさ》は」

「九会曼荼羅《くえのまんだら》の柿の篠懸《すずかけ》」

「足にまといしはばきは如何《いか》に」

「胎蔵黒色《たいぞうこくしき》のはばきと称す」

「さて又《また》　八《や》つのわらんづは」

「八葉《はちよう》の蓮華《れんげ》を踏むの心なり」

まさに間髪容《かんはつい》れない問答が、芝居の上で展開する。二人の抑揚と呼応はどこか音楽のような、歌のようにも聞こえる。

「出《い》で入る息は」

富樫の問いに、ほんの一瞬の間を置いて弁慶が応じる。

「阿吽《あうん》　の　二字」

富樫に向き直った弁慶に、富樫がさらに問う。

「そもそも九字《くじ》の真言《しんごん》とは、如何《いか》なる義《ぎ》にや、事のついでに問い申《もう》さん。ささ、なんとなんと」

腰を屈め扇子を手にした手を大きく振りかざす豊満扮する富樫に、弁慶は一切怯まない。

台詞として用意された言葉の応酬ではあるが、それだけではこの問答は成り立たない。

明確な二人の立場と感情が合わさって、劇場全体を緊迫感が覆っていく。

「かしこみかしこみ謹《つつし》んで申すと云々《うんぬん》、斯《か》くの通り」

問答の最後、勝ち誇った弁慶が元禄《げんろく》の見得を切ると同時に、緊張感が緩み、大きな拍手が巻き起こる。

「……すごいな」

浅葱の隣で長田が思わず感想を漏らすほどのやり取りだ。浅葱も内心で同意しながら、言葉を発する余裕はなかった。

まだ芝居は舞台の上で続く。

感心した富樫は非礼を詫び義経一行は関所を通ろうとする。が——関所の人間が、強力に扮した義経を指摘するのである。

ここでまた富樫と弁慶のやり取りが始まる。

「さて誰に似て候《そうろう》ぞ」

「判官殿《はんがんどの》に似たりと申すものの候程《そうろうほど》に」

早口で応じる弁慶の前に、傘を深くかぶり杖をついた義経がしゃがんでいた。

ここで弁慶は大芝居をかます。主人である義経を杖で叩く。

早口の台詞の中、僅かな視線、僅かな台詞の中、傍《はた》から見てもわからないよう、弁慶の躊躇いが伝わってくる。一振り、二振りされるたび、痛みが伝わってくるような気がする。

弁慶の姿は常磐に似ている。

心の中で泣きながら、そんな姿を見せようとしない。痛めた足も気づかせず、浅葱の前でそ知らぬふりを押し通した。

それもすべて浅葱を思うがため。

すべて、義経のため。

だが、富樫側は色めき立ったままだった。

型の応酬なのだが、その型を踏まえたうえでの必死な弁慶の姿に心が揺さぶられる。何がなんでも義経を守ってみせるという主人を思う弁慶の本気に、富樫の気持ちも揺さぶられる。

富樫が弁慶たちを許す箇所については、役者それぞれの解釈があるという。豊満の富樫はどこでどう弁慶を許したのか。

おそらく豊満の富樫は、常磐の弁慶が義経を杖で叩く場面でもう、許していたに違いない。

「今は疑い晴れ候《そうろう》　とくとく誘《いざ》ない通られよ」

義経一行を通したと知られれば、富樫自身の身も危ない。この言葉の裏には富樫なりの決意があるという。その覚悟が、僅かに変化した声色と躊躇いながらの物言いで、伝わってくる。

気づけば浅葱は掌に、ぐっしょりと汗をかいていた。

関所を通ったあと、義経に弁慶が謝る場面となる。

申し訳ない気持ちの弁慶を、主人である義経は怒ることなく労《いたわ》る。

義経には弁慶の、己を想う気持ちが伝わっている。問い詰めるでもなく責めるでもなく、許すのだ。

そんな義経の姿に、浅葱は己の姿を重ねてみせる。果たして自分はこんな風に大きな心で常磐を許せるか。互いを想うがゆえに相手を理解し許す。どうしてなのかと責めることはない。

足のことがわかったとき、浅葱は常磐に、「どうして言わないのか」と責めてしまった。でも今なら常磐の気持ちがわかる。常磐もきっと浅葱が責めた気持ちがわかっている。

主人の前で頭を下げた弁慶は、富樫の前で勇壮に思えていた姿とはまったく異なる。叱咤されるだろうと覚悟しながら義経の労りの言葉に、まさに男泣きする。

「腕もしびれる如《ごと》く覚《おぼ》え候《そうろう》　アア勿体《もったい》なや　勿体なや」

もちろん、実際に泣くのではない。言葉尻や台詞の言い回し、ためなど、細かな演技で観客に訴えてくる。

泣いていなくても泣いていると伝わってくる。心は血まみれでありながら、必死に堪えている。己の想いが相手に伝わった嬉しさと、今の状況の苦しさを思いながら、何があろうと繋いだ手を離すまいとする決意。

あくまで通る声で、わずかな震えを伝えてくる様子に、浅葱の頰を一筋の涙が伝っていく。傷つけ合おうとも繋いだ手は離さない。何があろうとも、すべてお互いを思うがための行動なのだ。疑う気持ちはどこにもない。

弁慶と義経の関係性は、決して常磐と浅葱と同じわけではない。状況も異なる。それでも、常磐の言葉に含まれる想いの強さが浅葱に伝わってくる。

その後、追いかけてきた富樫と酒宴を催《もよお》し、稽古場で浅葱も見た延年の舞の場面があって、弁慶は義経たちを逃がし、富樫と弁慶の別れの場面が訪れる。

弁慶は義経が背負っていた荷物を持って、富樫に頭を下げて逃れる。

「陸奥《むつ》の国へぞ下《くだ》りける」

巴《ともえびょうし》拍子《》のあと、弁慶は富樫を振り返る。そんな弁慶に富樫が手を上げて見送る。

互いの覚悟を知った上での別れ。

ここで弁慶と富樫が、しっかりと互いの顔を見つめ合った瞬間、浅葱は思い出す。

ポスターの撮影のとき、二人は何があろうと互いの顔を見ないどころか視線も合わさなかった。

芝居の場面上、二人が目を合わせるのは当然だが、浅葱にはそうは思えなかった。

芝居を通して、富樫の豊満と弁慶の常磐の中に、なんらか通じるものがあったのだろうと思えた。

言葉にはならないものの、彼らの表情が物語っている。

浅葱のように、実際の役に己を重ねたのではないかもしれない。それでも舞台の上でしか感じられない役者としての何かが、常磐の、そして豊満の気持ちを変えたに違いない。

定式幕が引かれ壇上に弁慶だけが残される。

「蓬莱屋《ほうらいや》」

あちこちからかかる大向こうの掛け声に続く見せ場は、引っ込みの場面での、弁慶が花道で見せる勇壮で豪快な六方だ。響きわたるツケとともに見得を切り、片手六方を見せる。

太鼓の音に合わせリズムを刻む弁慶から、汗が滴《したた》り落ちてくる。ここまでの芝居の集大成だ。

常磐はきゅっと唇を引き結び、そのまま豪快に花道を走り抜けていった――。

9

終演になってもしばし立ち上がれずにいた浅葱は、虎之介に引きずられるようにして楽屋へ向かった。

すでに常磐の楽屋には、様々な顔ぶれが挨拶に訪れていた。

「うわ、相模《さがみ》のおじさんまでいらしてる」

人間国宝の女形の姿を目にして、虎之介はらしくもなく緊張したようだ。

「センセ、悪いんですが、俺、他を先に挨拶回ってくるんで、お一人でどうぞ」

「って、虎之介！」

小声でひそひそ言った虎之介は、浅葱が引き止める間もなくその場から走り去ってしまう。

「逃げたな」

仕方がないことだと思いながら、浅葱は前の人たちが挨拶を終えるのを待った。その間にも、知った人が大勢通り過ぎていく。中には京之助もいた。自分の公演が新橋演舞場《しんばしえんぶじょう》で始まる前に、顔出しをしたらしい。

「おや、先生。彦三郎ばっかり贔屓しないで、僕の舞台も観に来てください」

「ぜひ」

挨拶を返す後ろに、彦十郎の姿もあった。

「初日、おめでとうございます」

「ありがとう」

彦十郎は低い声で返すだけで、他には何も言わずに楽屋から出て行った。

そして誰もいなくなるのを待って、浅葱は常磐の楽屋に入った。

「初日おめでとうございます」

その場に正座して頭を下げると、鏡の前で顔を落としていた常磐が浅葱に気づく。

「おめでとうございます」

まだ羽二重《はぶたえ》をつけたまま、白粉を落としただけの常磐は、ゆっくり浅葱を振り返る。そしてくっと右眉を上げたかと思うと、不意に笑った。

「何がおかしいんだ」

「泣いたんですか？」

「な……っ！」

浅葱は慌てて己の顔に手をやる。

「泣いてなんているわけが」

「どの場面で泣いたんですか？　僕の演じているシーンだったらいいんだけれど」

慌てて言い訳しようとしたものの、常磐の笑顔を見ていたらなんだかどうでもよくなった。常磐は全力で演じたのだ。そんな常磐に、自分も全力で応じるべきだ。浅葱は思い直した。

「義経に弁慶が許された場面」

「本当に？」

「ここで嘘吐いてもしょうがないだろう」

「私もあの場面で、涙しそうになりました」

浅葱が苦笑した瞬間、背後で声が重なってくる。振り返ると浅葱のすぐ後ろで、浴衣姿の豊満が頭を下げていた。

「……っ、初日おめでとうございます」

「おめでとうございます」

豊満は慌てて挨拶した浅葱に返してすぐ、顔を常磐に向けてきた。

「ありがとうございました。それから……申し訳ありませんでした」

常磐の顔をじっと見つめてから、畳に額を擦りつけるぐらいに頭を下げてきた。

「楽屋に挨拶くださった皆さんから、今日の舞台を褒めていただきました。でもそれはすべて、彦三郎さんの弁慶のおかげです」

わずかに顔を上げてとつとつと語る。

「稽古のときからそうでしたが、本番ではさらに素晴らしかったです。大袈裟《おおげさ》な演技ではなく、あくまで基本の型に則《のっと》った上で、弁慶の弁慶らしさ、そして彦三郎さんの解釈も感じられて、私は素直に富樫の気持ちに入れました」

先日の豊満の忠信を観たとき、浅葱は逆の印象を覚えた。常磐の忠信は、型ばかりで感情が感じられなかったが、豊満の演技は違っていた。でも今回の『勧進帳』で、その時豊満に感じた以上の気持ちを常磐に覚えたのだ。

「褒めていただくたびに、私の実力ではないことを痛感いたしました。同時に、これまで、分をわきまえない発言をしてきたことを恥じております。お詫び申し上げます。申し訳ございませんでした。尾上先生にも、失礼なことばかり申し上げてしまい、本当にすみません」

「顔を上げてください」

本当に、今にも穴に入らんばかりの豊満に対する常磐の口調は、実に淡々としている。

「謝られる覚えも感謝される覚えも、僕にはありません」

「それはどういう……」

豊満は戸惑いを見せる。

「僕も舞台の上で、豊満さんと同じことを感じました。毅然とした態度の関守である富樫がいることで、僕自身、弁慶の気持ちを強く感じることができました。何がなんでも判官殿を奥州へお連れしなければならないと思うことができました」

豊満同様、常磐は座っていた座布団から下りて正座し直し、両手を畳についた。

「素晴らしい富樫に、僕自身、乗せられるようにして弁慶に入り込めました。本当にありがとうございます」

「彦三郎さん……」

「豊満さんの演じる弁慶と対峙するのも、心から楽しみになりました。これから楽日《らくび》まで、お願い申し上げます」

「い、いえ、私のほうこそ、お願いいたします」

二人の姿に、浅葱の胸が熱くなる。

決して上辺だけではない心からの言葉だということが、口調や表情から伝わってくる。

かつての常磐だったら、こんな風に豊満に対応することはできただろうか。

「あれー、富樫と弁慶が顔を合わせてんですか？」

底抜けに明るい声が、楽屋に満ちていた空気をぶち壊していく。ご贔屓さんからもらった暖簾《のれん》を手で上げて顔を覗かせたのは、話題に上った判官殿と根岸だった。

「初日、おめでとうございます。お疲れさまでした」

「おめでとうございます。お疲れさまです」

根岸の挨拶に、常磐と豊満が慌てて頭を下げる。

「お二人の……紫川さんもですが、皆さまの演技、素晴らしかったです。お会いするお客様すべてが絶賛されていました。楽日までまだありますが、頑張ってください」

「ありがとうございます。精進《しょうじん》いたします」

常磐が恭しく応じる横で、豊満は溢れてくるものを堪えるように唇を噛んだ。

「お父さん！」

そんな豊満を元気な声で呼んだのは、小学生ぐらいの少年だった。

「式！」

紫川と根岸の間を抜けて走ってきた少年の頭をさすりながら、豊満は戒《いまし》める。

「駄目だろう。先にご挨拶をしなさい、式」

「あ、はい」

何を言われているのかすぐにわかっただろう式と呼ばれた少年は、その場で正座すると両手を畳についた。

「初日おめでとうございます。お疲れさまでした。佐々木松太郎でございます。よろしくお願いします」

きちんとした挨拶を聞いて、浅葱は式というのが、豊満の息子だとわかる。脈々と継がれていく、歌舞伎の伝統。常磐もきっと子どもの頃、こんな風に挨拶していたのだろう。

「ところで、尾上先生。豊満さんは、先生の被写体として合格ですか？」

そして根岸は浅葱に話を振ってくる。この場で答えを求めてくる根岸に底意地の悪さを覚えつつも、浅葱に断る理由はなかった。

「先日のお話、お引き受けいたします。素晴らしかったです」

「それは何より。彦三郎さんも文句ないですね？」

根岸の確認の意味を、常磐がどこまで心得ているのかわからない。それでも表情を変えることなく応じる。

「もちろんです」

この場で事情がわかっていないのは豊満一人だっただろう。

「あの、何が……」

「来年の春に、豊満さんに六代目佐々木松豊を襲名していただこうと思っています」

「——え？」

「同時に、現松豊さんには松衛門《まつえもん》の名前を襲名していただく予定です」

豊満は根岸の言葉が理解できないのか、口をぽかんと開けたまま、じっと目の前の男を見つめていた。

「その襲名の際のポスターを尾上先生に撮影していただく予定になっています」

さらなる説明で豊満ははっと我に返ったのか、浅葱に顔を向けてきた。しばし驚いた様子で浅葱を見つめながら、頭の中ではきっと色々な想いが巡っていたのだろう。浅葱はそれについては触れず、ただ頭を下げた。

「おめでとうございます」

豊満は慌てて同じように頭を下げ、「ありがとうございました」と言った。


冷えた自室マンションのベッドの上に横たえられながら、浅葱は自分に伸し掛かってきた常磐の胸をそっと押し返す。

今にもキスする寸前だった常磐は、不機嫌そうに眉根を寄せる。

「この状態で待てを食らわせるんですか、貴方は」

「待てって、犬じゃないんだから」

「犬みたいなもんでしょ」

思わず苦笑を漏らす浅葱の鼻を、おもむろに常磐が摘んできた。

「ちょっ」

「で、何が不満なんですか、浅葱殿は」

諦めたように常磐は上半身を起き上がらせた。

楽屋での挨拶を終えてから、常磐は浅葱と連れ立って国立劇場そばのホテル内のバーで軽く食事をした。いつもより酒の回りが早かったのは二人とも同じだった。

そしてそこから一緒に、マンションの浅葱の部屋へ帰る。

二人でこの部屋に来たのは、一体いつぐらいぶりか。

二人でした約束。

『いつまで僕らは離れていればいいんですか』

常磐自身が問うた質問に、常磐自身が答えた。

『じゃあ、こうしましょう。貴方が豊満さんとした賭けが貴方の勝ちに終わったとき』

具体的にどんな賭けをしていたかは明らかにしなかったものの、楽屋での豊満の態度がすべてを物語っていた。

本来であれば、それぞれ二役を演じてみなければ、賭けの勝敗は決まらない。しかし豊満は今日の段階で、歌舞伎役者として常磐に対する負けを認めたのだ。

だからどちらからともなく、一緒の部屋に帰ってきた。

玄関を開け寝室の扉を開けてすぐ、もつれ合うようにして口づけながらベッドに倒れ込んだところでのストップだった。

常盤が不貞腐《ふてくさ》れるのもある意味、当然と言えるかもしれない。

だが浅葱にしてみれば、前回のセックスがトラウマになっている。

「俺は、セックスすればある程度のことはわかると思っている」

浅葱の言葉で常盤がぴくりと体を震わせた。

「それから、セックスは愛し合っている者同士がするものだと思っている。生理的な衝動じゃなくて、愛を確認するための行為だ」

常盤だってわかっているはずだ。あのときはただ、浅葱を傷つけるためだけに発した台詞だとわかっている。でも同時に、それだけの鋭利な刃が常盤の中に潜《ひそ》んでいることも知っている。

浅葱はそんな常盤の刃の鞘《さや》になりたいと思っていた。だから続ける。

「電気、消してくれ」

「はあ?」

常盤は浅葱のそれまでとはかなり重さの異なる発言に、思いきり怪訝な声を上げる。

「なんでです?」

「恥ずかしいからに決まってるだろう」

浅葱は早口に言って己の顔を腕で隠す。それが浅葱の許したという合図だと常磐にもわかったはずだ。

「今さら何を言ってるんです？　恥ずかしいなんて、初めてのときにもそんなこと言わなかったくせに」

「横抱きにされたのは恥ずかしかった」

「ああ。そういえば」

喉の奥で常磐は笑う。

「あのときはとにかく先生のことが欲しくて欲しくてたまらなくて、靴を脱ぐ時間すら我慢できなかったんだ」

『先生が欲しくてこんなになってるんです』

勃起した己の下肢に導かれた手に触れた常磐の熱が、不意に蘇ってくる。

「孝臣……」

「ちなみに先生、俺は今もあのときと、なんら変わっていません」

酒のせいかこの場の雰囲気のせいなのか、常磐の一人称が『僕』から『俺』に変わっていた。というか、二人だけの場面で、常磐は大体の場合、俺と言うようになっている。それだけ互いの間に、垣根がなくなったということなんだろうと、今さらながらに浅葱は気づかされる。

「どんなときでも、貴方のことが欲しくてたまらない。わかっているでしょう？」

ベッドにあった浅葱の手を、常磐は己の下肢へ導く。布越しでも軽く手を添えただけで、熱く猛ったものがあるとわかる。指先から伝わる感覚に、浅葱は僅かに体を震わせる。

「ねえ、先生。会えなかった間、俺のことが恋しくなりませんでしたか」

下肢に導いた手を口元へ移動させ、指先を丹念に愛撫される。

優しく穏やかで熱い吐息に、体が芯から温められていく。

「ねえ、先生」

甘えるようなねだるような視線を向けられると、浅葱も素直になれる。

「恋しくなった」

「俺を思いながら一人でしたことありますか？」

だが続く恥ずかしい問いに、羞恥で体が熱くなる。したことがないともしたことがあるとも言いたくなかった。

「俺のことよりお前はどうなんだ」

「そんなの、当たり前でしょう。浅葱さんを思い出しながら、何度も一人でしました」

ぺろりと指を嘗める舌の淫靡《いんび》さに、下肢が熱くなる。

「俺が嘗めて濡れた先生の指が俺のものを優しく摑んで撫でていく。実際に貴方がするみたいに、浮き上がった血管を撫でて皺を伸ばしながら先へ扱《しご》いていくと、それだけであっという間に解き放ってしまいました」

リアルで淫らな言葉を紡ぐときですら、常磐の声はその魅力を発揮する。いやらしく鼓膜を揺らし、聴覚からも浅葱を刺激していく。

「瞼を閉じれば、先生の姿がはっきり浮かんできます。俺を欲しがって喘ぐ声もしっかり覚えています。ちょっといじるだけで膨《ふく》らんでくる乳首も、羞恥に赤らんでくる、普段は透き通るように白い肌も、俺の愛撫にいやらしく高ぶってくる先生自身も、俺の欲望を優しくいやらしく受け入れてくれるとこも、全、部……っ」

浅葱は嘗められていた手で、恥ずかしい言葉を紡ぐ口を覆う。

「何をするんですか」

「見ないでもわかるなら、電気消せ」

「嫌です」

浅葱の申し出を常磐はあっさり拒む。

「記憶にあるものが正しかったか、再確認しないといけませんから」

「なんだ、それ」

「貴方もそうですよ。会っていない間に、もしかしたら俺の体も変わってるかもしれないでしょう？」

「どんな風に？」

「筋肉隆々になってるかもしれないでしょ？　リハビリ頑張りましたから」

真顔で言われて、浅葱はつい吹き出してしまう。

「見たいな、そんな孝臣の体」

「でしょう？」

満足気に笑った常磐は、浅葱の承諾が得られたと解して、再びゆっくり唇を近づけてくる。

軽く触れてすぐに離して、間近で浅葱の顔を見つめてくる。

「なんだ？」

「電気、点けたままでいいですか？」

常磐の問いに浅葱は笑った。

「『兎《と》にも角《かく》にも弁慶能《よ》きに計らい候《そうろう》へ』」

義経の台詞で返すと、常磐は眉を上げた。

「『畏《かしこ》まって候』」

返した台詞は四天王のもの。浅葱は常磐の首に両手を巻きつけ、与えられるだけではなく自分からも口づけを求めていく。

唇だけが触れ合うキスを繰り返していると、浅葱の脳裏に蘇ってくる記憶があった。

同じようにベッドに横たわった浅葱に、常磐がキスをする。甘く優しいキスに、次第に眠りに誘われていった。

「常磐……」

「なんです？」

上唇や下唇を優しく食《は》みながら、常磐は浅葱に応じる。

「俺、君と、キスした？」

「何度もしていますね」

「そうじゃなくて……わりと最近」

浅葱が問うと常磐は笑った。

「どうでしょうね」

こういう風な言い方をするときは、常磐が何かを隠しているときだ。つまりキスしているのだ。でもまったく思い出せない。

「え、でも、いつ……」

「そんなことはいいから、今はこっちに集中してください」

余計なことを言う唇を塞ぐべく、常磐は深く唇を重ねてきた。触れるだけのキスではなく激しく唇を吸われ、舌を根元まで絡まれる。

息苦しさを感じるぐらい激しいキスで、口腔内を生き物のように舌が動き回る。上顎を刺激され歯の裏を探られると、小さな快感の種が蒔《ま》かれていく。

「ん……ふ、う……ん」

常磐とのキスは大好きだ。

柔らかくて優しい蕩けるようなキスも、心まで食われてしまいそうなキスも、どちらも同じぐらいに好きだ。

常磐の唇が好きなのだろう。肉厚でセクシーでいて引き締まった形は、見ているだけでそそるものがある。

その唇が浅葱の細い顎に移動して、上着を脱がしてからネクタイを締めたままの襟にかかる。

邪魔なそれを取ろうと伸ばした浅葱の手は、常磐に阻《はば》まれる。

「駄目です。全部俺がします」

どうしてなのかと問いかける浅葱の視線に、常磐は笑いながら応じる。

「初めてのとき、似たようなことを言われた」

「僕らにとっては何度目かの『初めて』です」

常磐の言葉を浅葱は否定しなかった。どれだけ長いつき合いになろうと、常に「初めて」は潜んでいる。

焦れったさに気が遠くなりそうになりながら、浅葱は常磐にされるがままになる。シャツのボタンをひとつひとつ外されている間は、もどかしくてたまらなかった。

でもそれは常磐も同じだったらしい。

「なんでこんなボタンがいっぱいある服なんて着てくるんですか」

「君の晴れの舞台だから」

真顔で応じる浅葱の言葉に、常磐は破顔して不意打ちのキスを仕掛けてきた。

「なんだ突然に」

「浅葱さんが可愛いことを言うから、我慢できなくて」

そう言ったかと思うと、力任せにシャツのボタンを引きちぎって、露になった胸に吸いついてきた。

「あ……っ」

「気持ちいいなら、声を出してください。たくさん貴方の声を聞かせてください。貴方をいっぱい感じたい。貴方を気持ちよくさせたい。貴方のすべてを感じたい」

激しく乳首を吸い上げられ、尖ったそこに歯を立てられる。

「痛、い………」

「このぐらい強くされるほうが好きでしょう？」

「何を……あ……っ」

否定しようにも、乳首を痛いぐらいに吸い上げられながら、高ぶってきた下肢を握られてしまう。

「否定したって無駄です。体はこんなに気持ちがいいって、訴えているじゃないですか」

指を使って扱かれると、布越しにもかかわらず、強烈な快感が全身を駆け巡っていく。

「違う」

「違いません」

あえて常磐は浅葱の言葉を否定して、パンツのベルトとボタンを外し、ファスナーに手を掛けてきた。

「こんな風に硬くしているのに、誤魔化せるわけがないでしょう」

「……やけに、嬉しそうだ」

「当然でしょう？」

浅葱が開き直って返すと、常磐は満面の笑みを見せながら、パンツの前を左右に開き、膨らんだ部分に手を添えてくる。

「俺が触れることでこんな風に貴方が感じてくれているのが、夢ではないんですから」

常磐はゆっくり頭の位置をずらしていき、引き締まった腹や腰骨に愛撫の痕を残しながら、すでに膨らんでいる浅葱の欲望まで辿り着く。

「夢の中での俺も今の俺と同じだったのか?」

「いえ。もっといやらしかったです」

笑いながら、下着の上から浅葱のものを口に含み軽く舌を使ってくる。かかる熱い息と歯の感覚に、背筋がぞくぞくして触れられた性器に熱が一気に集まっていく。

「ん……っ」

「だからもっともっと淫らになっていいですよ。俺は貴方がもっといやらしいことを、知っていますから」

「や、め……あっ」

歯を立てられた瞬間、堪えられない甲高い声が溢れてしまう。

「ほら。気持ちいいなら、もっといい声を上げてもっと感じてください」

下着を唇で引っ張られると、敏感になっている欲望が擦られて、たまらない刺激が生まれる。

「駄目、だ……孝匡。もう……」

「触ったら駄目ですか?」

浅葱は溢れる嗚咽《おえつ》を必死に堪えて、首を左右に振った。

「じゃあ、なんです？」

「直接、触って、くれ……、んんっ」

はっきり伝えた浅葱に激しいキスをした常磐は、そのまま下着の中に手を差し入れて勃ち上がっている浅葱のものを握っていた。

「い、……あ、あ……っ」

柔らかく掌全体で包み先端から根本まで優しく扱かれると、体中が痺れるような感じがした。小刻みに震える内腿を堪え膝を何度も立てたり伸ばしたりしながら、電流が走り抜けるような快感をやり過ごす。

縋るものを求めて常磐の腕に摑まった浅葱は、自分を追い詰める男がまだ服を着たままだということに気づく。

「ずるい……」

「何がずるいんですか？」

思わず訴えると、常磐は不思議そうに尋ねてくる。

「君は……服を着たままだ」

「見たいですか、俺の裸」

弾んだ声が常磐もまた興奮してきていることを伝えてくる。

そんな常磐の様子に浅葱も煽られる。

「見たい」

熱い吐息とともに訴えると、常磐は起き上がり上着を脱ぎ捨て、ネクタイの結び目に指を入れて左右に揺らした。そんな仕種にも強烈な色香が漂う。袖口のボタンを外す仕種、シャツの一番上のボタンを外す仕種、そして露になっていく胸元。浅葱は無意識に喉を上下させていた。

浴衣の上からでもその鍛《きた》えられた体はわかった。だが実際目にすると、よりはっきりわかる。

隆起した胸筋、引き締まった腹。

舞台に出られなかった間、常磐がどれだけトレーニングしていたか、体を見れば明らかだ。

浅葱が伸ばした手を、常磐は優しく引っ張って起き上がらせてくれる。浅葱は改めてその鍛えられた体に手で触れ、顔を寄せる。胸元に口づけると、常磐の口から熱い息が漏れる。もっと舌で味わいたいと思うものの、それは許されない。

常磐は浅葱の顔を上向きにして、伸びていた舌に己の舌を絡めてくる。

「ん……っ」

深く貪りながら、常磐は器用にパンツの前を開き、すでに高ぶっているものを導き出した。硬くなった先端が、浅葱の腹で弾む。火傷しそうなほど熱い欲望から伝わる脈動に、自然と腰が揺れてくる。

「浅葱さん……」

名前を呼びながら常磐の唇が耳朶《じだ》へ移動し、胸元に下がってくるのに合わせるように、浅葱は再びベッドに横たわっていく。常磐は浅葱の膝に手をやって足を折り曲げ、ゆっくり腰を掲げた。

「やっぱり綺麗だ」

露になった浅葱の腰にそっと手を伸ばして掠れた声で訴える。

「……記憶と同じか」

逃げ出したいほどの羞恥に襲われながらも、浅葱は懸命に堪えて常磐に確認する。

「いえ。記憶よりも綺麗です」

真顔で応じた常磐は、そこを撫でゆっくり中へ指を進めてくる。ピリッとした小さな痛みを覚えながらも、慣れたそこは訪れるだろう快感に悦び、びくびくと収縮を始める。

「……あ……も、う……いい、から……」

存分に解されていないのはわかっていても、もう我慢できそうになかった。絶え絶えの息の下で訴えると、常磐は見ている間にもドクドク脈打ち大きくなっていく己自身に手を添えて浅葱のそこへ押しつけてきた。

熱い先端が細かい襞《ひだ》の中心に触れた瞬間、浅葱の全身が大きくぶるっと震える。

「痛いですか」

常磐の問いに浅葱は小さく首を左右に振った。

「痛くても……もう止まりません」

「いいから、早、く……ああっ」

最後まで言うよりも前に、常磐の欲望がぐっと浅葱の中に突き進んでくる。

久しぶりのせいで浅葱の体が鋭敏になっているのか、それともやはり久しぶりのために、常磐が硬いのか、いつも以上に感じてしまう。

擦れ合う内壁の小さな細胞のひとつひとつが感じて、どろどろに蕩けていき、そこから生まれた熱が全身に広がる。

「あ、あ、あ……ん……」

声にならない声を上げながら、浅葱は常磐の腕にしがみつく。

「や、孝臣……熱い……」

「熱いのは、貴方の、内側、です……」

声を発する振動までもが刺激となって浅葱の中を駆け巡る。

「駄目、だ……動くな……あ、あ」

これほどまでの感覚は初めてかもしれない。頭の芯まで痺れて脳天がくらくらする。じっとしていられなくて腰が揺れてしまう。そして体内の常磐の位置が変わることで、また新たに生まれる快感に下肢が揺れる。

「動いているのは、浅葱さんです」

常磐も同じように感じているんだろう。上擦った声と溢れる息の熱さが、浅葱の肌を愛撫する。ぴったり重なった腹の間で浅葱はどろどろの愛液を溢れさせていた。常磐が動くたび、ビチャビチャといやらしい音を立てる。その猥雑な音と感触に、浅葱のものがさらに硬度を増していく。

「浅葱さん……そんなに、きつく締めつけないで。すぐに、達《い》ってしまう」

「いいよ……達け……どうせ一度じゃ、終わらないだろう?」

浅葱にも自分の体は制御できない。常磐の熱さと硬さに刺激され、ただ蠢《うごめ》いているだけなのだ。

「そんなこと言って、後悔しても知りませんから」

笑いながら常磐は言うと、一際大きく浅葱の中を突き上げてきた。

「や……あ、あ……」

煽ったのは自分だ。だが予想していた以上の律動についていけない。

「浅葱さん、浅葱さん……っ」

常磐は浅葱の名前を呼びながら、体の奥で最初の放熱をして、一瞬、がくりと浅葱の上に体重を預けてくる。硬くなった熱が爆発する感覚に次いで、じわりと熱いものが溢れてくる。続いて痛いぐらいの脈動を感じて、ほっと一息吐いた。

が、安堵するにはまだ早かった。

射精したにもかかわらず体内の常磐はまったく力を失わない。それどころか、より硬度を増していて、浅葱の熟れた内壁を刺激してくる。

「今度は貴方の番です」

さらにどろどろになった浅葱自身を甘く擦り上げてくる。

「いや、だ……そこ……触った、ら……」

「どうしてですか」

「感じ、すぎる」

「感じてください」

ぐっと強く握られた刺激で、浅葱は大きく腰を弾ませる。それでも常磐は手を離さず、指を細かく動かしながら、浅葱を快楽の極みへ導いていく。

「俺を感じてください。そして、貴方にしか見せない、俺の全部を、見てください」

前回、浅葱を傷つけた己の言葉を訂正するかのような言葉が紡がれる。

「愛してる……浅葱さんを……浅葱さんだけを愛してる」

繰り返し愛の言葉を紡ぎながら、常磐は浅葱の顔にキスの雨を降らせる。

「愛してる。愛してる。愛してる……」

唇に、頬に、瞼に、鼻に——繰り返されるキスと、体内の常磐の熱が浅葱の意識を快楽の中へ誘っていく。

愛されている。言葉だけでなく、体のすべてで常磐の愛情を感じる。

常磐とだから、これほどまでに感じるのだ。

触れた場所すべてが愛しく、重なり合った場所すべてが熱い。

「貴方だけを……愛してる」

何度目かわからない告白に答える代わりに、浅葱は常磐の手の中に愛情のすべてを解き放った。

汗と汚れを落とそうと入った風呂の中でも、体の疼きは消えなかった。互いの体に熱いシャワーを浴びている間にも、肌に触れ合う手を止められない。

胸や腹、下肢——触れているだけのつもりでも、次第に淫らな動きになってしまう。

ベッドで何度となく果てていても、体の内側に残る熱が消えることはない。

久しぶりのせいももちろんあるだろうが、それ以上にお互いへの想いの強さを知ったことが、より触れたい気持ちに繋がっている。

それでもやっと訪れた穏やかさで、大きなバスタブに二人で入った。背後から常磐に抱えられる体勢で温かい湯に浸かっていると、そのまま眠ってしまいたい衝動に駆られる。しかしふとした瞬間、常磐の足が目に飛び込んでくる。脹脛《ふくらはぎ》の筋肉が発達している。その筋肉に触れていて、右の足に残る手術の痕に気づく。まだはっきりとそれとわかる生々しい場所に、そっと手を添える。

「随分、筋肉質になってる」

「リハビリ、頑張りましたから」

「そっか」

上半身にもそのリハビリの成果は現れている。

浅葱はそこを優しく撫でる。

「まだ痛むのか?」

「痛みはほとんどありません。ですが、まだ用心してお客様から見えない限りは、テーピングで固定しています」

「全然気づかなかった」

「もちろん、見えないように心がけていますから」

常磐の中でこの足の故障はもう、触れてはならないことではなくなったのだろう。実際に手で触れることも、尋ねることも拒まれない。

「ところで、豊満さんとは何を賭けたんですか?」

今度は逆に常磐に問われる。

「内容を聞かなくてもいいと言ったのは君だ」

「意地悪言わないでください。もう終わったんだから、教えてくれても構わないでしょ?」

常磐の言葉に浅葱は肩を竦める。ここまでずっと常磐は問わずにいてくれた。それに感謝すべきかもしれない。

「俺自身が豊満さんを被写体として認められたら、根岸社長に言われたからではなく、豊満さんの写真を撮る——と」

「ああ、なるほど」

豊満の言葉にどんな意味が込められているのか、常磐は理解したらしい。

「それで豊満さんのあの発言になるわけか。でも先生、豊満さんの襲名披露の際のポスター撮影を引き受けたということは、被写体としては認めたということでしょう?」

「そう、だな」

あっさり認めた浅葱の項《うなじ》に、常磐が突然嚙みついてきた。

「痛。何をするんだ、君は」

「このぐらいで済んでよかったと思ってください」

「……っ」

今度は嚙んだ場所を嘗めてくる。一度静まったはずの欲望が、それでまた目覚めてくる。

「常磐」

「孝臣です」

さらに拗ねたように言った常磐は、本格的な愛撫に切り替えて、浅葱の首筋や項を嘗めてくる。バスタブの中で抗おうとも背後から回った手は浅葱を解放するどころか、また熱を溜め始めた場所に伸びてくる。

「また、するのか」

「まだするんです」

振り返ると、常磐は子どもみたいな顔を見せる。

「仕事だから仕方ないとわかっていても、僕以外の誰かを浅葱さんが撮るんだと思うだけで、我慢ならなくなるんです」

向かい合わせになると、甘えるように浅葱の首筋に頭を擦りつけてくる。首筋に当たる髪が擽ったくてたまらない。

「だから、せめて浅葱さんは僕だけのものだと確信できるまで、今日はとことんつき合ってもらいます」

「孝匡……」

「愛しています、浅葱さん」

繰り返される告白と甘いキスに応じながら、浅葱は常磐に身をゆだねていった。

エピローグ

常磐が富樫、豊満が弁慶を務めた公演も、大好評を博《はく》した。荒事を得意とする常磐家だが、押し殺した聡明な富樫の演技でも、常磐は絶賛された。そして彦十郎が復帰した際には、親子での共演も見たいという声が上がっていた。まだすぐではないが、実現する日も、決してそう遠くはないだろう。

常磐が緊張すると漏らしながら、その日を楽しみにしているだろうことは、表情からも感じられた。

公演終了後、竹林から、豊満の松豊襲名の話も告知された。

緊張した面持《おも》ちの豊満の表情からも、決意が感じられた。夕方のニュースで記者会見の模様を浅葱とともに見ていた常磐もまた、真剣な表情を見せていた。

襲名の大変さは、常磐が誰よりもよく知っている。自分のときのことを思い出しているのかもしれない。豊満に対して常磐が心を許し始めている今だからこそ、豊満にキスされたことだけは、絶対に黙っていようと決意する。

「浅葱さんに会えてよかったです」

テレビに目を向けたまま紡がれる言葉に、浅葱はほんの少し照れくささを覚える。

このところ常磐は、浅葱の部屋で過ごすことが多くなっていた。きっと少しずつ、一緒にいるのが当たり前になる。

「愛しています」

あの日から何度も繰り返されている。だがベッド以外の場所で聞かされると恥ずかしくてしょうがない。常磐もきっと浅葱が照れるのがわかってわざと言っているのに違いない。

浅葱はほんの少しの悔しさを覚えて、わざと常磐の前まで移動する。そして男の肩に手をやって、キスをしてから鼻の先を擦り合わせながら応じる。

「俺も愛してる」

瞬間、不意打ちを食らって頬を染める常磐の表情に、浅葱は心の底から幸せを覚える。照れながらも常磐が見せた笑顔は、最高に素敵だったのだ。

間夫

下りた幕の向こうで沸き起こる割れんばかりの拍手の音を聞きながら、常磐紫川《ときわしせん》はのそりとその場に起き上がる。どんな作品でも、ひとつの役を演じ終えると、着物の下は汗でびしょ濡れとなり、指一本動かすのが辛くなるほどに疲労する。

だが、今回はその疲労の度合いが半端《はんぱ》ない。相手役を務める、常磐彦三郎《ひこさぶろう》の演技に引きずられているのも多分にあるだろう。

『女殺油地獄《おんなころしあぶらのじごく》』――紫川は歌舞伎の演目の中で、彦三郎演じる与兵衛《よへえ》に殺害される人妻、お吉《きち》を演じている。与兵衛の幼馴染みであるお吉は、彼にとって「母」の如く甘える存在でありながら、「人妻」としての「女」を感じさせる存在でもある。

従兄弟であるという、どこか実際の立場をも思わせる設定の中、迷い、悩み、足掻《あが》きながら前に突き進む彦三郎の与兵衛は、きっと何かを吹っ切ったのだ。

父親である彦十郎《ひこじゅうろう》が倒れたことも、彦三郎の中で大きな心境の変化をもたらしたに違いない。

それこそ鬼気《きき》迫るものがあった。

毎日、同じであって同じではない。

もちろん当然のことながら、舞台は生き物で、同じものは二度とない。だが今回の舞台は、違う意味で日々変化している。

常磐彦三郎こと春日孝匡《かすがたかまさ》は、常磐宗家の後継者という、生まれながらに背負わされた巨大なプレッシャーに、かつては押しつぶされそうになっていた。生真面目であるがゆえ、脆《もろ》く繊細な男だったのである。

心身ともにバランスの取れていなかった思春期の頃は特に、それが著《いちじる》しかった。紫川は詳細を知らないが、当時あったとある事件により、孝臣は数年の間、歌舞伎の世界から距離を置くことになった。

場合によっては、そのまま引退するのではないかと危惧する大人たちとは違い、紫川はそれもまた致し方ないことだと思っていた。傍系《ぼうけい》の紫川ですら、偉大なる女形《おんながた》の父の姿を常に感じていた。宗家の後継者となれば、そのプレッシャーたるや如何《いか》なものか。想像に難《かた》くない。

復帰してからの彦三郎は、生まれながらの風貌と育ちゆえに、マスコミが勝手に貼った「尊大」であり「傲慢《ごうまん》」な御曹司というレッテルそのままの偶像を演じ続けているように思えた。

自ら心の傷を抉《えぐ》り続ける痛々しい姿に気づきながら、近すぎるがゆえに紫川には変に同情もできない。それでもいざというときには、常磐の看板を背負う覚悟はできていた。

自信があるわけではない。ただ紫川はかなり幼い時期から、色々な意味で「諦めて」いたし、己の運命を受け入れていた。

歌舞伎の道に進まないという選択肢はなかったし、父と同じ女形として生きるという道も、当然のように受け入れていた。

そんな中に、常磐を背負うという責任がひとつ負荷されたところで、もはや大したことではなかったのだ。

が——もうその心配はいらないだろう。

ある意味、紫川とは別の意味で開き直ったのかもしれない彦三郎は、父親が倒れたことを機に己の運命を真正面から受け止め、そして受け入れることで驚くほど強くなった。

そこへ至れた理由のひとつに、彦三郎を大切に想う人の存在がある。

常に彦三郎のそばにいるわけではなく、ただ甘やかすわけでもない。一人の人間として彦三郎にぶつかっていった。彦三郎の痛みに気づきながら目を逸《そ》らさせることなく、真正面から痛みに向かい合う強さを教えてくれたのだろう。

その人との出会いは、間違いなく春日孝臣という個人だけでなく、歌舞伎役者、常磐彦三郎を一回りも二回りも大きな人間にした。

初日でそれを実感したが、さらに舞台を重ねる間にも変化し続けている。化け続ける彦三郎に、紫川も引きずられる。

こんなことは、初めてだった。

舞台の上で本気の彦三郎と、毎回死闘を重ねている。殺すか殺されるか、生きるか死ぬかの瀬戸際の日々を送った。

結果、従来の公演以上の疲れを覚えたのだ。

「紫川さん、お疲れ様でした」

やっとのことで楽屋に戻ったものの、着替えもせずただ座っているだけの紫川の目の前の鏡に、楽屋の入り口に立つ人の姿が映る。すぐにその場に膝をつき頭を下げてきた男こそ、彦三郎を立ち直らせた尾上浅葱《おのえあさぎ》だ。

「まだ着替えられる前でしたか」

浅葱が驚くのも無理はない。

いつもなら楽屋に入ってすぐ鬘《かつら》を外し衣装を脱ぎ、浴衣《ゆかた》姿で顔を落としたらその足で風呂へ向かうところだ。が、今日はまだ『油』まみれの着物が、肌にべったりと貼りついている。わざとほつれさせた髪も、そして白粉《おしろい》を塗った頬や手も、『油』まみれだ。

と、言いつつ、実際に舞台で油を使用しているわけではない。大抵の場合、濃度を濃くした石鹸水で代用するのだが、今回の舞台も同様だった。

「改めて出直して……」

「いいですよ。僕と先生の間柄じゃないですか」

意味深な言葉を口にしながら流し目を向けると、浅葱は困ったような表情になった。

「そんな顔しなくてもいいでしょ？　別に取って食おうとしているわけじゃないんだし」

外した鬘を控えていた弟子に渡し、額から頭を覆っていた羽二重《はぶたえ》を丁寧に外していく。それから、慣れた手つきで白粉を取る。

「ねえ、先生」

居心地悪そうに正座している浅葱に、鏡越しに声をかける。落ち着かずに彷徨《さまよ》わせていた視線を、同じく鏡越しに向けてくる。

「今回の公演、先生の目から観てどうでした？　ぜひ忌憚《きたん》ない感想を聞かせてください」

予想しなかっただろう問いに浅葱は驚いた表情を見せつつも、真剣な様子で返してくる。

「俺みたいな素人《しろうと》の感想でいいんですか？」

「先生はただの素人じゃないでしょ？」

わざと少し意地の悪い言い方をすると、浅葱は肩を竦めた。そしてしばし言葉を探すように視線を宙に彷徨わせる。

「正しい感想かわかりませんが、すごく興奮しました」

「どこに？」

「全部です。最初から最後まで、それこそ幕が上がって下りるまでのすべてのことに、子どもみたいにドキドキしてワクワクしました」

語る浅葱の頬が、自分の言葉を証明するかのように紅潮してくる。

「初日含めて今日で三度観ましたが、与兵衛がお吉を殺害する直前の場面では、毎回掌《てのひら》に汗が滲みます——とても綺麗《きれい》で」

「綺麗、ね」

「綺麗だと駄目なんですか？」

紫川の言い方が引っかかったのか、浅葱の表情が変化する。

「駄目なんてことはないんですよ。ただ」

「ただ？」

「結構悲惨な殺害シーンなのに、綺麗って言われるのはどうなのかなあって思ってね」

どこか愚痴《ぐち》っぽくなる言葉の後、紫川の口から知らず溜息が続く。本来、他人に愚痴るタイプではない。自意識過剰なタイプでもなく、比較的冷静な目で己を見ていると自負している。それもかなり厳しい目だ。

だからといって、まったく他人の評価が気にならないわけでもない。特に今回、浅葱の評価はすごく気になっていた。

彦三郎の恋人という立場にあるものの、これまで周囲にいた人間とはまるで違う。カメラマンという仕事柄もあるだろうが、第三者の立場から、実に冷静に舞台を観ている。

そして素直に、良いものは良いと、悪いものは悪いとはっきり判断できる。

身内に近いが玄人《くろうと》ではなく、かといってまるで歌舞伎のわからない素人でもない。芸術家としての鋭い目は、今回の紫川をどう見たか。彦三郎に引きずられた己の姿が、彼の目にどう映っていたか。

これまで聞いたことのない浅葱の感想を、不意に知りたいと思ったのだが——。

「悲惨な殺害シーンだからこそ、綺麗に見えることは素晴らしいんじゃないですか?」

不思議そうに浅葱が応じる。

「紫川さんも知ってるように、俺は他の方が演じている演目を観たことがありません。だから今回の感想でしかないですが、本当に凄まじいまでの色気を感じました」

髪を振り乱し、着物を着崩し、油まみれになりながら、必死に逃げ、そして必死に追いかける様を綺麗だと言う。

「それから、ひとつひとつの仕種に、二人の感情のすべてが込められているように思えました。一瞬、一秒。どの場面を切り取ってみても、すべてのシーンが完成した一枚の絵になると思うぐらい、完璧でした」

「すべて?」

「ええ、すべてです」

浅葱はきっぱり言いきってから、何かを思い出すように目を閉じる。

「こうすれば瞼の裏にまざまざと蘇《よみがえ》ってきます。作った美しさではない。常磐と紫川さん、お二人が本心から役になりきっているからかもしれません。恐れ戦《おのの》く紫川さんの表情に凄絶かつ完璧な美しさを覚えましたし、そんな紫川さんを追いかける常磐の表情にも美しさを覚えました。魂《たましい》を感じる作品でした」

「……よく、言いますね」

いつものように、少し嘲笑《ちょうしょう》を込めて返してみる。

「どうせ先生は、孝匡のことしか観てないでしょうに」

「そんなことありません」

浅葱は真顔で反論する。

「紫川さんのこと、今までも素晴らしい役者さんだと思っていました。でも今回の演目を観て、さらにその想いを強くしました。とても綺麗でとても美しかったです」

紫川は当人も気づかないままに、浅葱の言葉を、一言一句聞き逃さんとしていた。

初舞台を踏んだのが三歳のとき。物心ついたときにはもう、歌舞伎役者だった。踊ることも演じることも当たり前な上に、父が亡くなってからはその父と常に比較され、超えることを求められてきた。

ご贔屓《ひいき》さんやファン、後援会の人たちも同じだ。

もちろん褒めてもくれるが必ずと言っていいほど最後につけ足される。

『お父様を超える女形になってね』と。

息子の自分の目から見ても、父は美しかった。完璧な女形だった。それは誰より紫川が一番よく知っている。

だから何を言われようとも聞き流せるぐらいに、神経は図太くなったつもりでいた。が、浅葱の飾りのない素直な感想が、紫川の心の奥深い場所に染みてくる。

こんな風に誰かに感想を伝えられたのは、一体いつ以来だろう。そしてそれを嬉しいと思っているのは、いつ以来だろう。

常磐を変えた張本人であると同時に、常磐の本当の姿を見出した人間の言葉だからこそ、とても意味がある。

「……そんな風にお世辞を言っても、何も出ませんよ」

着物の袖で口元を覆いながら返すと、浅葱は肩を竦める。紫川が照れ隠しで茶化してきているのがわかったのだろう。

「だから、お世辞じゃありません……」

「先生、いますか？」

おそらく、さらに浅葱が言葉を尽くそうとしてくれたのだろうタイミングで、彦三郎が顔を出す。思わず紫川は眉を顰《ひそ》める。

紫川とは異なりすでに着替えを済ませた彦三郎は、壇上にいたときとはまるで別人になっていた。狂気に満ちた瞳は消え失せ、表情に穏やかな笑みを湛《たた》えている。満ち足りたというよりも、安堵《あんど》しているように思える。

「あれ、珍しい。志信《しのぶ》さん、まだ着替えてないんですか？」

「ああ、まあね。ちょっと先生と話し込んでいたもんで」

「すみません、お邪魔してしまって」

無意識に彦三郎に対して素っ気なくなる紫川の口調を、浅葱は勘違いしたらしい。

「邪魔じゃないですってば」

慌てて立ち上がろうとする浅葱の細い手を掴む。瞬間、驚いたように向けられる浅葱の表情に、悪戯《いたずら》心が湧き上がってくる。浅葱が怯んだ隙をついて一本ずつ指を絡めた上で自分のほうへ引き寄せ、中性めいた顔立ちを上目遣いに見つめながら、その手の甲にぺろりと舌を伸ばす。

「な……っ」

「何やってんですか」

さすがに彦三郎の反応は早かった。浅葱の背後から、紫川が嘗《な》める前に手を引き戻した。

「先生のことを揶揄《からか》ったりしてないで、さっさと着替えてください」

「え、いいじゃないか。千秋楽なんだから、少しぐらい羽目を外したって」

逃げていく浅葱の腕をもう一度捕まえようとするが、さすがに彦三郎に拒まれてしまう。

それこそ腕の中に羽交《はが》い絞《じ》めにした状態で、番犬よろしく紫川を睨みつけてくる。

「わ、生意気。孝匡のくせに。君ら、僕の車のシートを台無しにしたこと、忘れたわけじゃないだろうね」

「……っ、それは」

瞬間、浅葱の顔が真っ赤になる。

「終わったことで先生を混乱させないでください」

ムキになる彦三郎の姿を見て、紫川はさらにいじりたくなった。

「あいにく、終わってないよ。まだお返ししてもらってないし」

さて、次はどう出るか。

期待から上がっていた紫川の気持ちは、続く彦三郎の発言で一気に落ちていく。

「あんまり面倒なことを言ってると、竹林《たけばやし》に告げ口しますよ」

さりげなく、でも思いきり嫌みを込めた言葉に、逆にやり込められる。浅葱はぐっと言葉を詰まらせる紫川に視線を向けて、申し訳なさそうに頭を下げてくる。浅葱にこんな顔を見せられたら、少なくとも今回は折れる以外にない。

「今日は先生に素敵な言葉をもらったからね、これで解放してあげることにしようかな」

思いきりもったいぶった言葉を口にするだけで、彦三郎は言葉の裏の意味を理解したらしい。

「先生。志信さんの気持ちが変わる前にお暇《いとま》しましょう」

「でも……」

「孝匡の言うとおり。僕の気の変わる前に帰ったほうが身のため」

この状況でなお、紫川を気にする浅葱が可愛いと思う。おそらく彦三郎も、そんな浅葱に惹かれたに違いない。

立場上、彦三郎は傲慢でわがままな男に思われがちだ。事実、そういう部分がないわけでもない。でも周囲が思うよりも、遙かに素直で脆く繊細だ。厳しくも優しく、そして真剣に自分に向かってくれる浅葱の存在は、もはや生きる上で絶対なのだろう。

紫川にはよくわかる。

表向き、彦三郎とはまったく違うタイプだと思われがちだが、根底の部分に同じ常磐の血が流れているからだ。

「紫川さん」

去り際、浅葱は紫川を振り返る。

「本当に、本当に素晴らしかったです」

そして伝えられる言葉に、紫川は一瞬、表情を繕えなかった。

笑おうとしながら笑えず、おそらく浅葱には怒ったような表情に思えたに違いない。下がる暖《の》簾《れん》の向こうに消える浅葱の背中を見送って、紫川は鏡に向き直る。そこに映る己の顔を見て、思わず眉を顰めてしまう。

いまだ首に残る白粉に苦笑を漏らした瞬間、背後で人の気配がする。

「紫川ともあろう人が、なんて顔をしているんだか」

鏡に映り込む上げられた暖簾の向こうに立つ人の顔を目にした瞬間、紫川の表情が強ばった。

「……お忙しい竹林の若社長が、なんの御用で？」

鏡越しに応じつつ、わざとらしく首の白粉を拭い始める。楽屋入り口に立っていたのは、歌舞伎興行を取り仕切る、竹林の若社長である根岸《ねぎし》悟《さとる》だ。業界の中では専《もっぱ》ら、本名よりも「竹林」という会社名で呼ばれることが多い。

「もちろん、今回の公演の無事の終了を祝おうと思って」

むせ返らんばかりの甘い香りが漂ってくる。香りに誘われるべく振り返った紫川の前に、真紅の薔薇《ばら》の大きな花束が向けられた。

「これまでに観た『女殺油地獄』の中で、一番素晴らしかった。花菖蒲《あやめ》丈《じょう》が生きていらしたら、悔しがるぐらいだっただろう」

むせ返るような花の香りとともに伝えられる感想に、内心すごく喜びつつも、素直になれない自分がいた。

紫川の父親である常磐花菖蒲は、稀代《きたい》の女形と呼ばれた。三十代前半でこの世を去ったこともあり、すでに伝説と化した人の演技は、息子の目から見ても本当に美しかった。

当然、『女殺油地獄』においても、紫川と同じお吉を演じて、絶賛されていた。

紫川にとって父は、憧《あこが》れであり、永遠のライバルでもある。彦三郎にとっての彦十郎と異なるのは、競うべき相手がすでにこの世に存在しないということ。人々の記憶の中で、花菖蒲は美化され続けることによって、追いつけない存在になってしまっているということだ。

「——ホントに暇人ですよね、貴方《あなた》」

そんな紫川の気持ちをよく知る根岸の言葉が、お世辞だろうとなんだろうと嬉しい。でも口をつくのは捻《ひね》くれた言葉だけだ。どうして自分は浅葱のように、素直になれないのだろう。

「忙しいくせに、初日だけじゃなく、千秋楽にまでわざわざ顔を出したりして」

そう、この男は日々の業務に忙殺《ぼうさつ》されながら、紫川の出演する舞台には、必ず一度は顔を出す。そして演目自体は観られない場合でも、楽屋見舞いは忘れない。

今回も竹林の名前で、豪華絢爛《けんらん》な胡蝶蘭《こちょうらん》の鉢植えが送られてきた。もちろん、彦三郎の楽屋にも同じものが送られているものの、根岸の名前を目にするだけで紫川のモチベーションは違う。

「志信の喜ぶ顔が見られるなら、いくらだって時間は作る」

平然と恥ずかしい台詞《せりふ》を言ってのけた男は、花束越しに紫川に手を伸ばしてくる。指先が頬に触れた瞬間、そこから伝わる温もりに全身に電流のような刺激が走り抜けていく。

常磐彦十郎が倒れてからというもの、とにかく日々慌《あわただ》しく時間だけが過ぎていき、落ち着く間もなかった。

役者だけでなく、興行を取り仕切る根岸も同じだっただろう。急な配役変更により、マスコミへの対応を含め、忙しく走り回っていた。彦十郎の病棟にも何度も顔を出していたという話は風の噂に聞いている。

三十歳になる前に父親から業務の大半を引き継いだときには、批判する輩《やから》も多かった。しかし逆風などものともせず、根岸は歌舞伎というものの発展のため、悠然と突き進んで今の状況を作り上げた。紫川たち若手と言われる役者が自由にできているのも、根岸のおかげだ。

当初、文句ばかり言い批判していた重鎮《じゅうちん》やマスコミも、今は「やり手の若社長」としてもてはやす有様だ。

既婚者で、子どもも一人もうけている根岸が、ただ一人執着しているのが、他でもない紫川だ。最初に関係を持ったときのことは、今もはっきり覚えている。向けられる視線の熱さも、体に触れてきた肌の熱さもすべて、紫川の記憶にこびりついている。

先に相手にのめり込んだのがどちらか、もはや紫川にもわからない。

もしかしたら、最初はただの好奇心から始まったかもしれない。やがて肉欲に変化し、人には言えないという背徳感が、気持ちを盛り上げていったのかもしれない。

すでに、ただ愛しているとは言えなくなっている。お互い、危ない橋を渡っているとわかっていても、逃れられない関係に陥《おちい》ってしまった。口先ではダメだと言いながら、終わらせるつもりなど毛頭ない。

「——よく、言いますね」

言葉で相手の気持ちを煽《あお》り、測る。心を探り合い、駆け引きしながら、少しずつ距離を縮めていく。

「余計なことばかり言ってないで、早く家に帰ってあげたらどうですか？　可愛い子どもと綺麗な奥さんが、貴方の帰りを待ちわびているんですから」

「いいんですか？　帰っても」

このぐらいの嫌みを言っても、根岸は怯んだりしない。

それどころか、わざと思わせぶりな言葉を口にして、紫川の顔色を窺《うかが》ってくる。そして一瞬、目を見開いたタイミングで、花束を互いの胸の間に挟み込んだままの状態で、紫川に抱きついてくる。

「ちょ、待って……」

大きく開いた着物の胸元に、薔薇の棘《とげ》が突き刺さる。

「痛……っ」

逃れようと根岸の胸を押し返すが、許してはもらえない。根岸はさらに腕に力を入れて、紫川の体を自分のほうへ引き寄せていく。

何かが違っていた。

紫川と比べて根岸のほうが絶対的に力がある。押さえ込もうと思えば決して難しくない。だが最初のうちは力任せに押してきても、最後には必ず根岸が折れるのが普通だった。

でも今日は容赦がない。

根岸は膝立ちで紫川の顎に手を添えて顔を上向かせ、血の滲《にじ》む胸元をすっと指でなぞった。

そしてほんのり赤く染まった指先を、紫川の口元へ移動させてくる。己の流した血の淫らな赤さと根岸が向けてくる視線の艶《つや》に、高ぶっていた神経がさらに煽られる。ドクンと心臓が大きく音を立てた次の瞬間、その場に仰向けに倒されていた。

胸の間から滑り落ちた薔薇の花弁が、「油」の汚れそのままに、大きく開いた濡れた紫川の白い胸を、傷から滲む血と一緒になって赤く染めて淫らな色合いを帯びさせていく。

「綺麗だ、志信さん」

うっとりと囁きながら、近づけてくる根岸の顔を避けるように、乱暴に顔を手で押し返す。が、根岸はそんな抗《あらが》いは気にせず、強引に唇を重ねてきた。

「んん……っ」

口腔内を貪るように探って額を押しつけてくる。

「この状態で、逃げたりしないでください」

鎖骨辺りの傷に唇を寄せ、熱い息を吹きかけながらぺろりと舌を伸ばしてきた。滑った生温かい感触に、思わず声を上げてしまう。

「あ…っ」

「壇上の貴方を見て、どれだけ僕が我慢していたか。あんなに艶っぽい目で僕以外の人を見つめたりしないでください」

口調は穏やかだが、紫川を見つめる瞳は笑っていない。

「嫉妬《しっと》で狂いそうになりながら、今日の千秋楽まで我慢したんです。そんな僕へのご褒美《ほうび》で、今日は大人しく可愛がられてください」

ぐっと鎖骨に歯を立てられて、大きく上下させた腰の間に、すっと手が忍び込んでくる。そして襦袢《じゅばん》の裾を開いて内腿を撫で上げ、熱くなった下肢にたどり着く。

「悟……っ」

声が震える。

「大人しくしていてください。扉の鍵は一応閉めてありますけど、大きな声を出したら、誰かに聞こえてしまいます」

耳朶《じだ》を嘗め上げる猥雑《わいざつ》な水音と、下肢を器用に刺激する指の動きに、脳天が痺れてくる。

「貴方が欲しいものを一番知っているのは、尾上先生でも、彦三郎でもなければ、澤松京之助《さわまつきょうのすけ》でもありません」

柔らかい皮膚をなぞりながら、確実に根岸の指は紫川の腰の奥に潜《ひそ》む場所へ進んでいく。

「そして貴方にそれを与えることができるのも、僕以外にはいません」

ジュワリと耳殻《じかく》を嘗め、足を左右に大きく開いてくる。

「……あ…」

慣れているはずの感覚が、体の芯を震わせる。全身が過敏になっている。

「いつまでも僕が、貴方の思うままに猫をかぶっていると思ったら、大間違いです」

抱えられた腰に灼熱を押し当てられた刹那《せつな》、紫川の視界が真っ赤に染まる。同時に、紫川は理解する。この男は猫ではない。強い牙《きば》と爪を持った、猫科の獣だったのだ。

それもかなり飢えた、獰猛《どうもう》な獣だ。そして紫川は、そんな獣に捕らえられた獲物だ。

一息に仕留められるのではなく、散々嬲《なぶ》られる。息の根を止められるまで、味わわれる様を自

分の目で見なければならない。

「貴方には僕しかいません。それから、僕にも貴方しかいないことを――わかってください」

吐息交じりに告げられた言葉の真の意味を、そのときの紫川は知る由《よし》もなかった。いや、知ろうとしていなかった。

あとがき

梨園の話を書く際に一番頭を悩ませるのは、どんな演目を常磐に取り組ませるか、です。ただ演じるだけではなく、物語の展開にも大きく関わってくるものでなければなりません。さらに一冊の単行本につき一本では済まない上に、資料の問題も出てくるので、本当に大変なのです。作品として面白くても常磐が演じられる作品かも大きくかかわります。

そのため、演目選びと称して劇場に足を運んだりＤＶＤを観たりするのですが、気づけば面白さに初志は忘れて作品に没頭してしまうこともしばしばです。

昨年来、悲しいことが続いていた現実の歌舞伎界ですが、今年の春、改装中だった歌舞伎座が新開場して、華やかな賑わいを見せています。

残念ながらまだ足を運べていませんが、こけら落とし公演は一年にわたって行われますので、近い内に行くのが楽しみです。

今回も素晴らしいイラストを描いてくださいました、円陣闇丸様。

挿絵を拝見するのが、毎回楽しみです。お忙しい中、ありがとうございました。

担当様には、今回も大変お世話になりました。今後ともよろしくお願いいたします。

最後になりましたが、この本をお手にとってくださいました皆様へ。

皆様のおかげで、シリーズも四冊目となりました。少しでも面白く、歌舞伎にご興味を持っていただけるよう、拙いながらもこれからも頑張ってまいります。

これからもよろしくお願いします。


次の作品でまたお会いできますように。

平成二十五年　花粉症に悩まされるのもあと少し　ふゆの仁子　拝

◆初出一覧◆

梨園の貴公子～秋波～　／書き下ろし

間夫　／小説b-Boy（'12年1月号）掲載

<参考文献>市川團十郎・市川海老蔵 パリ・オペラ座公演 勧進帳・紅葉狩
（小学館／ 2008 年刊）

大好評発売中！

「美貌で性悪」、歌舞伎界を舞台にした艶と恋。

梨園の貴公子

歌舞伎界の名門の御曹司で、華も実力も備えた常磐宗七郎。カメラマン尾上浅葱は、強引に持ち込まれた彼の写真集の企画に反感を抱くが常磐のゾクゾクするほど艶っぽく傲慢な態度に魅了され…!? シリーズ第１作。

梨園の貴公子～色悪《いろあく》～

歌舞伎界の御曹司――美貌で性悪な『色悪』そのものの常磐。彼の心を知りたいのに、浅葱は濃厚な愛撫と強引なセックスでごまかされ…。そんな心の隙間に、常磐と同じ歌舞伎役者の澤松が付け込んで!? 好評シリーズ第２作！

大反響の「梨園の貴公子」シリーズ最新作！

ビーボーイノベルズ

シリーズ第3作！

梨園の貴公子 ～外連《けれん》～

家柄・人気・実力ともに兼ね備えた歌舞伎役者の常磐に、有名女優との熱愛報道!? 恋人の浅葱はその弁明に痛いほどの愛を感じるが、「梨園の御曹司」を恋人に持つ事の意味合いに気付かされ…!?

◆イラスト／円陣闇丸

ふゆの仁子の本

ビーボーイノベルズ

あなたの嘘《ウソ》と恋の真実《ホント》
◆イラスト／千川夏味

狂犬の愛し方
◆イラスト／沖銀ジョウ

デキる男 ◆イラスト／海老原由里

冷たい男 ◆イラスト／海老原由里

不埒な男 ◆イラスト／海老原由里

アブない男 ◆イラスト／海老原由里

ビーボーイスラッシュノベルズ

蘭は渇望に濡れる
◆イラスト／奈良千春

穢れなき狂暴な愛情
◆イラスト／志水ゆき

愛の罪 恋の罰
◆イラスト／佐々木久美子

ビーボーイコミックス

デキる男
◆原作／ふゆの仁子 ◆漫画／海老原由里

冷たい男
◆原作／ふゆの仁子 ◆漫画／海老原由里

最寄の書店またはリブレ通販にてお求め下さい。リブレ通販アドレスはこちら ➡

リブレ出版のインターネット通信販売

PC http://www.libre-pub.co.jp/shop/ **Mobile** http://www.libre-pub.co.jp/shopm/

Libre

恋愛度100%のボーイズラブ小説雑誌!!
Libre
小説
b-Boy
ビーボーイ
偶数月
14日発売
A5サイズ
イラスト／蓮川 愛
イラスト／明神 翼
イラスト／剣 解
読み切り満載♡
多彩な作家陣の
豪華新作めじろおし!
人気シリーズ最新作も登場♥
コラボ、ノベルズ番外ショート、
特集までお楽しみ
盛りだくさんでお届け!!!
詳しい情報はWEBサイトでチェック☆
リブレ出版 WEB サイト http://www.libre-pub.co.jp
リブレ出版携帯書籍サイト
「b-boy ブックス」 http://bboybooks.net/
i-mode／EZweb／Yahoo! ケータイ 対応

ビーボーイノベルズをお買い上げ
いただきありがとうございます。
この本を読んでのご意見・ご感想
をお待ちしております。

〒162-0825 東京都新宿区神楽坂6-46
ローベル神楽坂ビル４階
リブレ出版㈱内 編集部

リブレ出版WEBサイトでアンケートを受け付けております。
サイトにアクセスし、TOPページの「アンケート」から該当アンケートを選択してください。
ご協力をお待ちしております。

リブレ出版WEBサイト　http://www.libre-pub.co.jp

BBN B•BOY NOVELS

梨園の貴公子 ～秋波《しゅうは》～

2013年5月20日　第1刷発行
著者――ふゆの仁子

発行者――太田歳子
発行所――リブレ出版株式会社
〒162-0825 東京都新宿区神楽坂6-46ローベル神楽坂ビル
営業 電話03(3235)7405 FAX03(3235)0342
編集 電話03(3235)0317
印刷所――株式会社光邦

Printed in Japan
ISBN 978-4-7997-1320-4